魔豆

魔豆

神使繪卷

The Story of GOD's Agents

07

神使繪卷 07

The Story of ...

目錄

神使繪卷

【人物介紹】

胡十炎

神使公會的會長，六尾妖狐一枚。
雖然是小男孩的模樣，但卻已有六百多歲。
常頂著張天真無邪的天使面孔，
說出宛如惡魔降臨的恐怖台詞……
對魔法少女夢夢露的愛，無人可比！

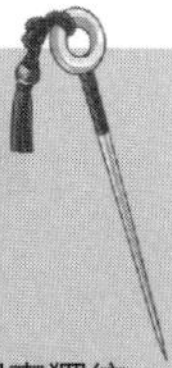

宮一刻

繁星大學中文系一年級，暱稱小白。
在系上作風低調、不常發言，總是獨來獨往。
常使用通訊軟體或手機，與另一端不知名人士聯絡……
具有半神的身分，因緣際會下，
成為了曲九江的神！

柯維安

繁星大學中文系一年級。
娃娃臉，總是揹著一個大背包。
雖然腦筋動得快，但缺乏體力，
以喜愛不可思議事件及都市傳說聞名。
身為神使，大型毛筆是他的武器，
而他許下的願望，竟連妖怪都難以啓齒！

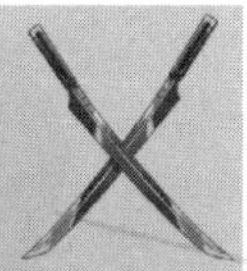

曲九江

繁星大學中文系一年級。
半妖，人類與妖怪的混血　，
對周遭事物都不放在心上的型男。
「山神事件」過後，成為宮一刻的神使。
出乎意料喜歡某種飲料！

楊百罌

繁星大學中文系一年級。
身為班代，個性高傲、自尊心強，
同時責任心也重；常被認為不好相處。
現為楊家狩妖士當家家主。

珊琳

綠髮、深棕色眼睛的小女娃，
擁有操縱植物的能力。
真實身分是山精，楊家的下一任山神。

秋冬語

繁星大學中文系一年級，系上公認的病美人。
外表纖弱，總是面無表情，也鮮少開口說話。
種族不明，隸屬神使公會的一員。
出任務時會戴著狐狸面具並穿著一襲斗篷，
但斗篷下卻是魔法少女夢夢露的裝扮；
武器是洋傘。

安萬里

繁星大學文學研究同好會的社長，
同時也是神使公會的副會長，屬軍師型人物。
文質彬彬，總是笑臉迎人，但其實……
鉛字中毒者，身上總會帶著一本書，
有時會引用名著裡的句子。
妖怪「守鑰」一族。

楔子

「老闆，結帳！」

隨著最後一桌客人站起，麵攤老闆連忙迎了上去，俐落地收錢找零，然後像是因爲工作結束般，放鬆地吐出一大口氣。

阿義抓下綁在頭上的毛巾，改披在脖子上，他抓起毛巾一端抹了把臉。雖然還是傍晚，第二圓環正是車水馬龍的時候，但他已經準備收攤，打算早點回家休息去了。

畢竟那個傳聞……

似乎想到什麼，阿義若有所思地瞇起眼，眼角邊的疤痕也跟著一塊皺成可怖的形狀。

看在他人眼中，這名時常會在繁星市一環、二環擺攤的麵攤老闆，著實很難和尋常攤販畫上等號。

他年屆中年，頭髮卻已是飽經風霜的灰白，法令紋和眉間紋路深如溝；尤其加上眼角的那條疤，讓整個人的氣勢更加凶神惡煞。因此上門光顧的不少客人，私下都在猜測著……

這位老闆以前是不是混過黑道？

不過，這話他們當然不可能眞問得出口，問題總是在舌尖上滾了一圈，最後又隨著麵條一起嚥下。

吃麵吧、吃麵吧，反正這裡的東西好吃又便宜，老闆以前曾幹過什麼就別計較了。

於是想當然耳，這些人便不會知道，阿義其實還有個最大的祕密。

——他是個狸貓妖怪，不是人類。

許許多多的繁星市市民都不曉得，原來這座大城市聚集著爲數不少的妖怪。他們乍看下與人類無異，像普通人一樣生活、工作；也像普通的攤販一樣，因爲在不被允許的地方擺攤，所以一見警察就立刻下意識地跑。

「幹恁娘啊！挑這種時間出現有沒有搞錯！」原本靠著推車抽菸的阿義猛然爆出了髒話。他迅速按熄菸，用著如同見到洪水猛獸的速度，拖拉著收拾好的推車，使盡全力往前狂奔。

身後是發現到他的存在，大吹哨子追上的警察。

尖銳的「嗶嗶」聲聽在阿義耳中簡直像是奪命魔音。他壓根不敢放慢速度，兩隻腳賣力狂奔著。

也許是身爲妖怪的關係，即使後方有重物，阿義仍舊跑得飛快，一轉眼便繞進了小巷，將窮追不捨的警察狠狠甩了開來。

最後只留下警察在原地跳腳，心裡咒罵著怎麼每次就是開不到那攤的單。

阿義自然不會知曉這事，就算知道了，他也會洋洋得意一把，吹噓起自己縱橫一、二環那麼多年，人稱「疾風飛毛腿阿義」！

「輕鬆甩掉……老子都要佩服起自己了！」阿義在小巷裡停了下來，又摸出一根菸抽起。黃昏的光線暈染整條巷子，將裡邊事物的影子映得分外明顯。

阿義的腳邊，黑色的影子也被拉得長長的，只不過那不是人形，而是垂著一條大尾巴的圓胖身影。

阿義正沉浸在沒被開到罰單的喜悅中，一道聲音卻冷不防從上方砸了下來。

「佩服個屁！你這隻胖貍貓，連人家一隻小貓崽都打不過，還把小母貓當成了小公貓，本大爺看你再吹啊！」

而且劈頭就是不客氣的大肆嘲笑。

「當心哪天又踢到鐵板……不對，你連木板都踢不破了！哈哈哈哈哈！」

「閉嘴！你這隻吐不出象牙的臭鳥，你們那不是還有一堆人也把那隻貓崽的性別給弄混了？」阿義似乎對這聲音很熟悉，最初嚇了一跳後，立時從地面撿起顆石頭用力朝聲音來源處一扔。

停佇在電線上的黑色大鳥只是哈哈大笑，輕輕鬆鬆就閃躲過來自底下的攻擊。

「誰會沒事去檢查一隻貓是公的還母的？還有你是呆子嗎？鳥嘴本來就吐不出象牙了，有辦法你吐給我看呀！」黑色大鳥降低高度，雙足改棲停在小巷一側的矮牆上。牠身上的羽毛黑得發亮，鳥喙粗大，同樣色澤漆黑。

赫然是一隻口吐人言的大烏鴉。

「死八金，有種就再給我飛下來一點，絕對一掌拍死你！」阿義罵罵咧咧，叼在嘴裡的菸卻也沒掉，「區區一隻鳥，你那麼囂張你主人知道嗎？啊？」

「嘖嘖，我主人幾年前就為了尋找新的自我離家出走去了，本大爺現在是老大的傳令兵！」黑烏鴉昂起腦袋，越發地得意洋洋。

阿義咂下舌，豈會不知道對方嘴裡的「老大」是誰。那可是神使公會的頭，實力嚇人的六尾妖狐。也怪不得就算主人離家出走去了，八金還是得意得像是連尾巴都要翹起來。

六尾妖狐的傳令兵，不就等於六尾妖狐現在是人家的靠山了嗎？

阿義惹得起八金，但是絕對惹不起六尾妖狐。

「所以你沒事飛來這幹什麼？吃麵就別想了，我可是收攤要趕著回去了。」阿義沒好氣地問道。

「只是剛好看到一隻貍貓在被人類警察追，就飛過來看看熱鬧啦。」明明是一隻鳥，八金就是有辦法做出嘲笑的表情，這讓阿義看得不禁又氣得牙癢癢，「是說你趕緊回家也是聰明，已經是第四件還第五件了……」

阿義沒有對這含糊的字句露出狐疑之色，相反地，他眉頭緊緊皺起，眉間的紋路深得像能夾死蒼蠅。

第四件、第五件……八金說的是這陣子繁星市裡發生的惡作劇事件，而被惡作劇的對象清一色都是──

妖怪。

雖然大多是毛被剃掉或染色之類無傷大雅的行爲，可是光想像萬一是落在自己身上，那會成爲妖怪間多大的笑柄。

尤其到現在爲止，都還沒聽說有誰看清了惡作劇傢伙的眞面目。

「喂，八金，你有報告給你們組織知道了嗎？」阿義問。

「這種事要怎麼報告？」八金搧了下翅膀，說起這事，牠也沒什麼心情再嘲笑阿義了，「難不成要我說，報告！昨晚竹川街的某某小妖被不知道誰剃成了光頭嗎？公會哪可能因爲這樣就行動啊……不過，八卦報的記者聽說準備要弄個專題報導了。」

「不愧是有八卦就有他們的人物。你覺得那是怎麼一回事？眞是惡作劇？」

「絕對是惡作劇！而且估計是哪隻年輕妖怪吃飽太閒了，加上天氣又那麼熱，曬一曬腦袋就昏頭，才做出這種無聊事。」

「我也是這麼想……算了，不跟你多閒扯淡了，老子還得回家看女兒，順便也叮囑她有事沒事都別亂跑，畢竟誰都不想莫名其妙就被人整了一回。」阿義搖搖頭，隨手對牆上的大烏鴉揮了下，繼續拉著推車踏上歸途。

不算大的推車上堆著桌椅，加上一些亂七八糟的東西，遠看就像座小山。而阿義拉著這小山，腳步倒也沒慢下分毫。他一邊走，一邊想著最近的繁星市還眞是不怎麼平靜。

前陣子聽說來了六狼蛛，後來沒下文，大概是被趕跑了吧……結果現在又冒出了針對妖怪的惡作劇……

「唉唉，還是別多想了，趕快回家、趕快回家。」阿義嘴裡唸唸有詞，卻沒想到他的自言自語剛落下，周邊忽地響起了一道細弱的聲音。

家……我也想……可是我的……在哪裡？

那聲音氣若游絲，簡直像隨時會斷成數截。

可是阿義偏偏聽見了，他一驚，心裡緊張著該不會是剛才聊到的惡作劇就要發生在自己頭上了吧？他趕忙四下張望，後方不見人影，然而當他一轉頭回去，正前方已多了一抹人影。

水藍色的！

那是阿義失去意識前的最後一絲印象。

隔天報紙上的地方新聞出現了一格小小的報導——二環的噴水池中央居然發現了一隻狸貓，還被像樹枝又像藤蔓的植物五花大綁著，差點就要被送到了動保處……

第一章

貳間會議室

該是進行會議的偌大空間，如今卻被一抹人影獨自霸佔著。

幾乎佔了牆壁三分之一面積的大型螢幕，上頭是華麗的聲光交錯。受到玩家操縱的女性角色靈活地往前奔跑，不時揮動手上的紫色蕾絲洋傘，施放出一連串的魔法技能。

當絢爛的符文布滿螢幕時，擱在後方桌面的手機忽地鈴聲大作。

大音量的少女歌聲甚至蓋過電視牆上的音響。

但盤腿坐在地板上的那抹身影卻沒有停下手中動作，手指依舊飛快俐落地連按著遊戲機把手上的按鍵。

然而落在一般人眼中，會感到無比驚異的事在下一秒發生了。

明明這空間裡只有窩坐在地板上的黑髮小男孩一人，明明小男孩的雙手都沒有離開把手，在桌面上響個不停的手機卻在瞬間凌空飛起，彷彿有股看不見的外力抓著它，一路往小男孩身邊飛去。

假使這當下還有其他人在場，或許就會注意到，落在地板上的影子除了手機的之外，赫然還有另一束形似尾巴的黑影，纏捲住手機的影子。

手機移至自己眼前，待那雙金黃色的眼眸看清顯示在上頭的人名，小男孩，或者說神使公會的最高領導人終於按下了暫停鍵，改用自己的手指握住手機。

任憑螢幕上的魔法少女角色靜止在凌空躍起的姿態，胡十炎站了起來，改踱步到牆邊倚著。隨著他按下了通話鍵，他那童稚又威嚴的聲音不止迴盪在會議室裡，也傳遞至手機另一端的那人耳中。

「居然大半夜的打電話給我？平時不都堅持撥給我們公會總機，再一層層地轉給我？怎麼，天要下紅雨了嗎？不對，妳會難得打電話過來，就已經是要下紅雨的預兆了吧，邵音？」

「在必要的時刻，我也會放棄所謂的官僚主義，跳過中間太多的步驟，直接找上你。」被稱作「邵音」的那人無視胡十炎的調侃，她語氣平直，一板一眼，甚至就像金屬塊一樣，聽起來還有些硬邦邦的，「什麼時候該做什麼事，我向來都清楚得很。」

「所以這次找我就是所謂的有事？」胡十炎看似漫不經心地說，眼裡卻有一絲不易察覺的嚴肅。他和對方認識許久，自然相當熟悉對方的個性。不到必要時候，她不可能會直接撥專線過來。「說吧，雖然妳時常頑固得讓人火大，但我不會不幫妳的。對我來說，妳是重要的女孩。」

手機另一端足足沉默了好半晌，才又傳出聲音。

「幫我找人。」那聲音說：「妖怪的事，妖怪最清楚。你的耳目又多，對你應該不是太難，我會把資料和圖像傳給你。」

「有什麼特別要交代的嗎？」胡十炎問。

「……盡量，別傷害她，也不要讓她落入別人手裡。」

那是從手機裡傳出的最後一句話，接著另一端便徹底化為死寂。

但不到數秒，胡十炎的手機又跳出了短促的提示音，提醒有人傳簡訊過來。

胡十炎看著傳送過來的人物照片，金眸微瞇，另一手若有所思地撫著唇，腦中是只有他自己才明白的諸多思緒跑過。

最後，胡十炎收起手機，扔下才玩到一半的遊戲，推開了緊閉的會議室大門。

和會議室裡的昏暗相比，走廊上燈光大亮，潔白的光線一發現閉掩的門扉被開啓，頓時爭先恐後湧進，將映在地面的影子拉得更斜長。

那明明該是一名小男孩的影子，然而投映出的卻像隻猙獰巨獸，六條尾巴肆意伸展，佔據了會議室裡的大半空間。

胡十炎毫不在意自己的影子有多嚇人，他走到圍在走廊外側的欄杆前，向下望去，底下是金屬灰的空間一層層往上拓展。

即使是大半夜，整棟大樓仍燈火通明。一樓大廳有人來來去去，不同聲音匯聚在一起，反倒像是嗡嗡聲震顫，充斥在這大樓內的四面八方。

「喂。」胡十炎懶洋洋地將雙臂擱在欄杆上，下巴抵在手臂上頭。他那一聲不特別響亮，卻有如灌注了力量。

剎那間，嗡嗡聲靜止了。

一樓大廳和待在其他樓層走廊的人們，或者說大部分都是妖怪們，齊刷刷地仰起頭，無數目光全盯向看起來相當閒散的小男孩。

「有誰看見甲乙、丙丁、庚辛了嗎？我有事要找他們去辦。」胡十炎依舊懶洋洋地說。

當他的問題落下，靜止的魔法像是解除，嗡嗡聲又回來了。

公會的眾人交頭接耳，接著回答一句句被拋了上來。

「沒看到啊！」

「老大，他們不是你的小尾巴嗎？老是黏著你，立志做隻帥狐狸！」

「唉唉，小小年紀怎麼就踏上錯誤的道路呢？不過還眞的是沒看到他們耶，我剛有去過情報部了。」

「問帝君吧！帝君大人總會知道的，沒什麼她不知道的事！」

「說錯誤道路的那個，是惠先生那部門的吧？嘖嘖，惠先生教壞新人啊。接下來警衛部三個月的宵夜津貼就叫惠先生自己出吧。新人、老杜，記得跟他說哪。」胡十炎咧開天眞的笑，吐出的卻是令底下哀號的殘忍宣判。

無視警衛部的老鳥巴不得掐住菜鳥脖子的神情，胡十炎倏地輕巧躍踩上欄杆。他居高臨下地俯望足足有十幾層樓的高度，就像君王在檢視自己的領地。

「帝君不在，否則我就先找她，不會找你們了。」胡十炎說：「帝君去幫我綁架人啦。」

「什麼——」這次是從其他樓層傳出一聲驚喊，那聲音千嬌百媚，就算拔尖了也沒有破壞魅力，「爲什麼帝君要去綁架人？誰！帝君看中誰了嗎？明明奴家也可以的！帝君，求妳快來綁架奴家吧！奴家願意爲妳生孩子——」

「紅綃部長！」

「部長冷靜點！」

「部長五天沒睡終於不行了啊！」

胡十炎朝開發部的兵荒馬亂搖搖頭，這時他身後無聲無息地凝冒出另一抹灰色人影。

「開發部就是一群神經病，尤其領頭的還是那妖女。」乍聽下分不出男女的聲音說：「帝君不在也好，免得那妖女瘋了去扒帝君的衣服。」

「帝君有你們這兩位粉絲，到底是幸還是不幸呢？」胡十炎轉身，佇立在欄杆上的身子沒有一絲搖晃，宛如踩著的是平坦地面，而不是細狹的欄杆，「今天的進度如何了，灰幻？」

「按計畫進行，暑假前可確定完工的機率大於百分之八十，還有別把我和那心思不潔的妖女混為一談。」灰色人影語氣躁怒地說：「我只是單純崇敬帝君！」

「知道、知道。」胡十炎敷衍地揮揮手，「你們特援部的有碰上甲乙他們嗎？」

「沒碰上，不過我記得他們今天輪到了『點燈組』的工作。另外，我倒是看見戊己跑出去了。你得和胡里梨講一下，別老是把沒化成人形的妖怪都當成公的。」

「那也要里梨聽得進去。戊己為什麼跑出去了？牠還只是實習生吧，難不成是想偷看哥哥工作嗎？算了，要是甲乙他們回來後，再叫他們來找我報到。」胡十炎跳了下來，雙手揹後。

「有重要的事……要他們三貓去好好地調查一下才行哪。」

同一時間，渾然不知胡十炎正在尋找他們的三隻小貓妖。

「哈啾！」

「哈啾！」

「啾！」

三道稚嫩的噴嚏聲不約而同地打破了夜晚的寂靜。

三名相貌相似、穿著不同顏色衣衫的小男孩，又一次不約而同地揉揉鼻子，動作一致得像是複製人。

從外表看，他們的年紀大約是五、六歲的孩童，可頭頂上的毛茸尖耳還有垂在屁股後的長尾巴，都說明了他們絕不可能是人類。

更何況，在這種大半夜的時刻，人類的孩童也不會出現在山間道路上。

「有人想我們嗎喵？是不是有人想我們三隻未來的帥狐狸？」紅衣的甲乙東張西望，想要找出點證據。

「會不會是有人罵我們喵？」黃衣的丙丁也跟著蹦跳起來，「有人羨慕嫉妒我們未來會成爲偉大的狐狸？」

「還是說我們要感冒了喵？」綠衣的庚辛提出最務實的猜測，但馬上遭到另兩名兄弟圍攻。

「庚辛你太不合群了喵！」

「沒錯喵，我們打噴嚏都是『哈啾』，只有你是『啾』！」

「老大說過，這叫破壞隊形喵！」

「沒默契，這樣以後不能愉快地玩耍了喵！」

甲乙和丙丁你一言、我一語地說，說得庚辛都要緊張得淚眼汪汪，就怕對方以後真的不和自己一起玩了。

不過下一秒，甲乙和丙丁又挺起胸膛。

「可是我們這次就原諒你喵。」

「下次一定要有默契地排好隊形喵。」

「在下次到來前，我們就先有默契地繼續『點燈』的工作喵，不要給老大失望。丙丁、庚辛，走！」

「喵！」

「喵！」

「喵！」

甲乙的登高一呼馬上獲得熱烈響應，然而甲乙卻忍不住撓撓自己的貓耳朵。

一、二、三……剛剛是有三聲喵嗎？

丙丁和庚辛也狐疑地對望一眼，他們也注意到第三人的聲音。

不過很快地，丙丁恍然大悟地擊下手掌，「喵，因爲我們是三隻貓嘛！」

「原來如此，三貓所以三聲喵，很合理的喵。」甲乙也像茅塞頓開地點點頭。

「剛一定是甲乙你自己也喵了。走啦走啦，我們快去『巡燈』、『點燈』。」庚辛催促道。

沒有異議的三名貓男孩立即再展開行動，忽視了路邊草叢發出的沙沙聲，像是躲匿在裡面的東西也跟著一起移動。

甲乙、丙丁、庚辛靈敏地在山路跑跳，每遇上一根路燈就大聲地報出「亮」或是「不亮」，再由甲乙負責做記錄回報公會。

而要是路燈是暗的，丙丁和庚辛還會掏出符紙，往燈柱用力貼下，奇異的事隨即發生。符紙隱沒，像被燈柱吸了進去，原本暗下的燈泡閃爍，然後水銀色的光芒大亮起來，重新照耀周圍區域。

這就是公會「點燈組」的工作。

一個月巡視繁星市一次，公會裡各個部門的人都會輪到，就算是身爲會長的胡十炎也不例外。

「真想有機會和老大一起巡燈點燈啊喵。」甲乙一臉崇拜地說。

「喵，我聽跟老大同組過的人說，那場景可威風了！」丙丁的雙眼閃著星星光芒，「老大就像是國王出巡，身後是眾貓跟隨！」

「喵喵……」庚辛捧著臉，和兩名兄弟異口同聲地說。

「太帥了！」

沉浸在陶醉的氣氛好一會兒，三名貓男孩又趕緊拉回理智。

老大有交代過，繁星市是他的地盤，當然不能讓等於迎接外地人門面的路燈有一盞熄掉。這樣在夜晚看來，萬燈皆亮的整座城市才符合「繁星」這個名稱。

夜空清朗，繁星點點。

三名貓男孩不敢怠工地一路往上，只是山區道路路燈的數量就是比市區稀少，往往走了一大段路，才會遇見下一根。

甲乙他們年紀還小，正活潑好動，耐不住一會兒的無聊，很快又喵喵地聊起來。

「甲乙、庚辛，你們有看了這禮拜的不可思議週報了嗎？」

「還沒有耶喵。」

「這禮拜的不是被里梨搶走了嗎？聽說有她喜歡的模特兒廣告，叫堯……堯什麼的喵。」

「是堯天喵。但廣告只有一張，其他的被帝君拿去看了，我有從帝君那借來一張喔。」丙丁得意洋洋地從衣裡抽出一張被摺得四四方方的報紙。

朝外的那面，正好是露出了用金色的小篆體書寫的六個大字——

不可思議週報

這是由一組對外自稱「小強特派調查員」的小妖怪發行的報紙，不管是明星偶像或是狩妖士、神使的小道消息，在裡面都可以找到，當然妖怪的也不例外。

至於報導內容的眞實度，就任人猜測了，畢竟都說是小道消息了。

因此不可思議週報還有個別稱，就叫八卦報，宗旨是「有八卦的地方，就有我們小強特派調查員」。

一瞧見丙丁拿出報紙，甲乙和庚辛的腦袋立即好奇地湊在兩旁。

三人時不時地對報上的消息發表意見。

「符家砍了他們池裡的藤樹，還塡了水池……喵，是那個符家嗎？討貓厭的符家？」

「除了他們還有誰啊喵。我聽過那株水中藤的名聲耶，那水池也有靈氣，所以才長出了水中藤……花開起來聽說很誇張，超大一片的。」

「不懂喵，有靈氣幹嘛還填起來？那樣不就沒了嗎？時間久，說不定可以養出妖怪喵。」

「笨蛋喵，他們是討貓厭的符家，老大最不喜歡的狩妖士，怎麼可能養……看這個、這個，專門針對妖怪的惡作劇，近日似乎在繁星市擴大……喵，這個我知道！」

「我也知道，公會裡其他人也有在講喵，市裡有不少比較弱小的妖怪被惡作劇。在二環賣麵的狸貓妖怪也中獎了，差點就眞的要被帶到繁星市的動保處。但最近好像變成攻擊，懷疑說是不是夏天到了，曬昏腦袋，所以有妖怪這麼做。」

「嗯……」各自發表完見解，三名貓男孩同時陷入沉思，最後有志一同地做出相同結論，「這些妖怪眞的太無聊了喵，沒事就應該趕緊回家嘛喵！」

家……

氣若游絲的呢喃霍地順著吹起的風飄了過來。

那細弱到像和夜風融在一起的聲音，差點就被甲乙他們忽視，但緊接著第二聲的呢喃又幽幽來到。

回家……你們有家回嗎？家……在哪裡呢？

甲乙、丙丁、庚辛一愣，迅速將報紙一起拉下，露出三雙大眼睛，可是他們的前方什麼人也沒有。

換作是一般人，也許就會認定是錯覺。

可是甲乙他們不是一般人，是貓妖，耳朵格外敏銳。他們沒有聽錯，眞的有人在對他們說話。

還是女孩子！

告訴我……你們有家回嗎？

就像是在印證三人的想法，那細弱的嗓音再次幽幽提出問題。

「家？當然有啊！」丙丁心直口快地回答。

兩旁的甲乙和庚辛臉色大變，要摀住丙丁的嘴巴已經來不及。

「笨蛋、笨蛋，路上遇到問你問題的，怎麼可以隨便回答喵？你是想氣死貓嗎？」甲乙氣急敗壞地嚷，「你自己都是妖了，還不懂這道理嗎喵？」

不等丙丁露出緊張神色，那道混在風裡的氣弱聲再度開口，像嘆息、像啜泣，濃濃的哀愁擴散開來。

爲什麼我沒有……這不公平……

「這不公平呀……」這一次，聲音是如此具體地出現在甲乙他們身後。

「喵啊！」甲乙、丙丁、庚辛豎直了尾巴，猛然轉過身，尾巴上的毛像是炸開般蓬起。

在三雙慌張又警戒的眸子裡，映入了一道奇異的少女身影。

水藍色的髮絲長得幾乎及地，蒼白的臉龐上是雙藍綠色的眼眸，嘴唇微帶淡紫，像是被低溫凍壞一般。

而真正怪異的，或許是少女的髮絲末端和裙襬處，就像是由水所凝成，晃漾出波紋，還不時滴墜下水珠。

那張看似只有人類年紀十四、五歲的面龐，雖說猶透稚氣，可是上頭是一片麻木茫然的表情，彷彿不知自己該何去何從。

「喵……」甲乙嚥嚥口水，他自覺年紀最大，應該要擋在另兩人前面，「妳是什麼人？沒事的話就趕快離開。」

「我是……什麼人？」少女遲緩地眨下眼，淡紫的嘴唇微動，「我是……我是……」

少女氣若游絲的聲音乍然停止，宛如語言能力突然卡住。

接著，水藍長髮少女舉起同樣蒼白的手指，「你們有家，我沒有……這不公平。」

「不公平、不公平……」

「怎麼可以不公平……」

少女的眼睫眨動，透明的淚珠順著睫毛滴墜，然後竟凝凍成一顆冰珠子。

當那顆冰珠靜靜砸落在柏油路面的刹那，甲乙、丙丁、庚辛不由自主地被吸引住視線，低下頭。

同時，藍髮少女的手臂伸直、五指張開。

「不能……不公平。」少女說，淡紫的嘴唇拉出微笑。那笑詭異又稚氣，就像孩童突然對困擾多時的問題想到一個好辦法。

瞬間，數道冰冽的藍影平空自地面升起，快速地一路往甲乙他們衝去。

「喵!?」三名貓男孩大吃一驚，急忙各往後跳開。

貓本來就是敏捷的生物，下一刻，甲乙、丙丁、庚辛就或蹲或站在樹枝上。他們睜大眼，耳朵和尾巴都警戒地豎立起。

他們方才所站之處，此時有一大塊地面赫然被叢生的冰稜佔據。

這些冰稜尖銳又透出絲絲寒氣，四周的氣溫好似也跟著下降了幾度。

而製造出冰稜的少女仰起頭，她的臉上是更大的微笑。那在那張臉龐上該是好看的弧度，可是混著古怪和瘋狂，反倒令人覺得毛骨悚然。

「喵，她犯規了，她先攻擊我們的！」甲乙大聲喊道，瞳孔迅速縮細，形成在夜晚中發光的杏仁狀。

「老大有說過，不可以在繁星市隨便和人打架。」丙丁牙齒變尖，成爲獸類特有的利牙。

「可是，要是對方主動挑釁的話。」庚辛的手指冒出鋒利指甲，又長又細，像是懾人的小刀。

「就用力打回去！」三人幾乎異口同聲，樹上的三抹身影也像砲彈般地掠出。

不同顏色的身影竄跳得飛快，他們落地無聲，一踩地又如彈簧蹦起，眨眼越過滿地冰稜，直逼藍髮少女。

眼見那鋒利的爪子就要觸上少女衣角，誰曉得下一秒，少女的形影宛若一灘水嘩啦碎濺。

「喵！什麼！」三名貓男孩中有誰發出了驚喊。

然而與此同時，地面上的水漬裡迅雷不及掩耳地又突刺出數根巨大錐狀物。

寒氣逼人的冰錐差點就要穿刺過甲乙他們的身體，如果不是他們及時閃避。

但是，敵人比他們三人想像得狡猾。

簡直就像是預料到甲乙、丙丁、庚辛會閃避開來，說時遲、那時快，柏油路面上矗立的冰稜、冰錐猛地炸裂。強橫的氣流衝擊，大大小小的冰屑飛舞，如同滿天發亮的星星，在缺乏路燈照耀的這段山路中顯得如此美麗。

只不過，這美麗的場景也是危險的。

邊緣鋒利的冰屑刮過三名貓男孩沒有被衣物遮擋的皮膚，留下諸多血痕。大一點的冰屑甚至釘穿了他們的衣袖下襬，讓他們最後只能重重地摔跌在地，手腳被固定住，無法輕易地再蹦跳起來。

「喵……喵！」甲乙被摔得有些眼冒金星，他晃了晃腦袋，聚焦後馬上看見剔透帶藍的冰晶碎片不止釘穿了他的衣服，還扎進路面裡。他試圖使勁掙扎，水藍色的人影倏然間無聲無息地進入他的視野。

不知來歷也不知目的的少女，就佇立在甲乙、丙丁、庚辛三人之間，她的髮絲和裙襬依然靜靜地滴著水。

距離拉得近了，三名貓男孩都能清楚聽見水珠落地的聲音。

滴答滴答，彷彿誰在嗚咽、啜泣。

不能坐以待斃！或許是從少女剛才的舉止裡判斷出對方不會手下留情，這念頭一閃過心裡，甲乙、丙丁、庚辛毫不猶豫地卯足了勁，想要擺脫碎片的箝制。

「嘶啦」一聲，紅色、黃色、綠色的布料被撕出大大的口子。

可是還沒有等甲乙他們坐起身子，藍髮少女的足下霍然飛也似地鑽出細長物體。三名貓男孩壓根還沒看仔細，便感覺到好不容易掙得自由的手臂一緊，有什麼東西纏縛住他們的手。

「植……植物喵！」不知是甲乙、丙丁還是庚辛抽了口氣，杏仁狀的瞳孔內充滿驚疑。束縛住他們手臂的是棕褐色的柔韌枝條，上頭還抽冒著一些綠葉。

甲乙他們可以確定對方不是水鬼，水鬼不可能有這樣的能力……可是，她究竟是什麼妖怪？

不待三人將疑問問出口，藍髮少女的蒼白手臂又伸出。隨著她的手指柔軟伸展，有若拈一朵花，霎時間，原本只有稀疏葉片的樹枝猝然暴冒出大量淡紫。

那片片花瓣就像瘋長似地接成一串串，再聚成一叢叢，簡直是紫色的小型瀑布。

「紫……」庚辛瞠大了眼，從少女至今的攻擊聯想到什麼，「難不成妳就是符家的水中……」

「喵！不准妳欺負哥哥！」一道拔尖的稚嫩怒喊無預警響起，小巧的身影跟著自路旁草叢內疾射出來。

雪白的顏色在夜間彷若白色閃電，飛速劈往那名藍髮少女。

只是，那閃電的威力還是太小了。

藍髮少女只覺手腕忽地一疼，像被什麼叼咬住。她垂下了那雙藍綠色眸子，望見一隻只比三個巴掌大一點的小白貓咬著她的手不放。

甲乙、丙丁和庚辛是真的傻了，他們不敢置信地瞪著那隻小白貓，然後不敢置信立刻轉變為驚惶失措。

「戊己！」

「妳爲什麼會在這裡！」

「妳偷溜出來的？那聲『喵』是妳喊的!?」

三名貓男孩想通地大叫，三張白嫩的臉蛋上全是緊張和焦灼。

戊己是他們年紀最小的妹妹，還不會變成人形，現在是公會的實習生。但誰也沒想到，他們的小妹妹竟然會神不知、鬼不覺地偷偷跟著出來！

「戊己快走！」

「喵！妳快走，那妖怪不是妳能對付的！」

「快走啊喵！」

面對三名兄長心急如焚的叫喊，戊己卻是固執地不予理會。牠使盡了力氣，想要把那壞妖怪的手咬掉，然而牙下的柔軟血肉突然變成一片冰硬，反倒嗑得她牙疼。

戊己一驚，馬上鬆開嘴，轉而跳至藍髮少女跟前的路面。牠吊高著眼，弓起身子，尾巴高豎，身上的毛也一併豎起，擺出凶狠的威嚇姿態。

「喵喵，我很厲害的！快放開我哥哥！」小白貓齜牙咧嘴，「我可是打贏過貍貓妖怪！」

「戊己！」甲乙氣急敗壞地嚷。他們三個都打不贏那名藍髮妖怪了，牠一隻貓，憑牠那小身板又能起到什麼作用？

可出乎意料的，藍髮少女居然沒有再做出任何攻擊。相反地，她蹲下身，藍綠色的眼眸直勾勾地望著戊己，接著她探出手。

「不要碰我們的妹妹！」甲乙、丙丁、庚辛大吼。

藍髮少女沒有眞的碰觸戊己，她蒼白的手指在數公分前就停住了。

「好小，出生不久的孩子……」少女慢慢地說：「不欺負。」

少女又站起，她身周的寒氣似乎退了些。隨後樹枝上的淡紫花瓣瞬間竟收得一乾二淨，連綠葉也消失，恢復光禿的棕褐枝條「咻」地抽離三名貓男孩的手臂，回到她的足下，復而隱沒。

沒有再多看在場的四隻貓妖一眼，藍髮少女一步步往另一個方向走，髮絲和裙襬飄動，可以看見漣漪一圈圈漾晃。

「等一下！」甲乙拔開另一隻袖子上的冰晶碎片，支起身子高喊，「妳是不是符家的水中藤？」

深黝的山路另一端沒有傳出任何回音。

藍髮少女就像來時一樣，悄無聲息地消失了。

甲乙瞪著那空無一人的方向一會兒，然後往後一躺，改盯著沒被光害攔阻的夜空。

「喵！」戊己立即跳上，粉紅色的舌頭舔舔甲乙的臉，隨後再跑近丙丁和庚辛身邊，用腦袋蹭蹭他們，「哥哥、哥哥，你們沒事吧？我嚇死了，可是我很英勇地救了你們吧？」

「笨——蛋喵！」丙丁猛地一把勒住小白貓的腦袋，「妳才要把我們嚇死了，誰讓妳出來的喵？妳只是實習生，不能一起來巡燈、點燈的！」

「喵喵，我……」受到責罵的戊己淚眼汪汪。

「別罵戊己了喵，反正大家都沒事了……不過眞是嚇死貓。」庚辛拍拍驚悸猶存的心口，轉頭看著甲乙，「甲乙，你也覺得剛剛的那妖怪是……」

「嗯喵。」甲乙繼續維持著仰望星空的姿勢，「她用冰攻擊我們，冰也是要水凝的，然後那個綁住我們的植物，那些花是紫藤花。喵，又是水又是紫藤花，又說自己沒有家……跟不可思議週報上的報導一模一樣啊喵。我可是要成爲帥狐狸的聰明貓，當然一想就想到。」

「但是喵，爲什麼符家的水中藤跑來繁星市了？符家又不在繁星市裡？」丙丁問。

「我怎麼會知道喵？」甲乙說。

「我也不知道喵，聰明貓也會有想不通的時候。」庚辛附和。

「哥哥、哥哥，我們先回去找老大，別點燈了喵。」戊己撒嬌說。

「不行！」沒想到甲乙、丙丁、庚辛異口同聲，「不做好工作，會當不成偉大的狐狸！」

「老大會失望的！」

「我們要追隨老大！」

「但是、但是……」

「戊己不怕，哥哥給妳唱歌！」

「唱完歌就有信心了！」

甲乙和丙丁你一言我一語地說，庚辛則負責提出實際的問題。

「要唱什麼歌？和平中心碑的貓說『貓國王』是牠們作詞作曲的，別貓不可以亂唱。」

「嘖，眞是小氣的貓，做貓要有大肚量才對。」甲乙咂巴下嘴，「沒辦法，我們唱別的吧，就唱……猜拳歌好了！」

這提議馬上受到熱烈迴響，其他三貓也會唱這首人類小孩間的兒歌。

於是靜謐的山路上，三名貓男孩呈大字形地躺著，稚氣的聲音完美地疊合起來，不時還會夾雜幾聲喵喵叫。

「好朋友啊，我們行個禮。」

「握握手呀，來猜拳。」

「喵喵！」

「石頭布呀，看誰贏。」

「喵！」

「輸了就要——」

「跟我們走。」

那不是小男孩或是小女孩的聲音，那是古怪粗啞、彷彿像特意經過變造的聲音。

而且是好幾個人的！

甲乙、丙丁、戊己、庚辛駭然，所有神經立刻緊繃，不敢再有放鬆地跳起，四雙眼睛警戒地往聲音來源處望去。

有數條人影不知何時欺近了這個地方，他們或站或蹲踞於樹上，白色的斗篷在黑夜中格外扎眼，完全包裹住他們的身形。

但是再顯目，卻也比不過這些人臉上的面具。

四隻貓妖愕然地瞪大眼。

那面具是狐狸造型的，上面用線勾勒出紋路，乍看下就和他們神使公會人員出任務時所戴的沒兩樣。差別只在於神使公會的是白底紅紋，而眼前這幾人卻是黑底白紋。

那是黑色的狐狸面具，白色在上面勾出奇異的花紋。

感覺得到來者不善，甲乙、丙丁和庚辛不由分說地擋在戊己面前。

「晚上好，小貓咪。」佇立樹上的一人跳了下來，聲音經過變造，聽不出是男是女。

那人伸出手，猶如打招呼地揮揮。只是那手臂也完全被厚實的長袖包住，袖口滾了一圈毛茸茸，遮住大半手掌，讓人難以藉此猜出性別，反倒是使人訝異在這種燠熱的夏季裡，對方竟還穿得像身處冬天。

「等等要努力點了喔。」那人說。

「不要跟這些妖怪廢話了。」另一人開口，明顯有著不耐，「和妖怪講人話，傻子才做這樣的事。只不過是低等的存在，還想學人類展現同伴愛嗎?光想就令人作嘔。」

「那就快行動、快行動，大夥都等不及了。」又一人嚷嚷地說，換來同意的鼓譟四起。

「快啊，別讓我們像花瓶不動嘛，之前的那些行動都太兒戲了啦！」

「喂喂，我們是獵人吧？我們可都準備好了，就等你的命令了。」

「別催。」第二個開口的人再度說話，古怪粗啞的聲音像浸了滿滿的得意，「我們是獵人，是什麼獵人？」

「是專門——」

「狩獵妖怪的獵人啊！」

分不出是幾個人的聲音興奮大吼。

剎那間，數條人影如同離弦之箭射出。

其中最先跳下樹的那人最快，不等甲乙他們反應過來，一晃眼就已逼近面前。

人影微錯開臉，狐狸面具擦過甲乙的耳邊，從面具後溢出的低語令甲乙瞠大眼，瞳孔收縮，接著絞緊的聲音終於從喉嚨中放聲尖叫出來。

「戊己快逃！妳快逃！快點逃啊——」

第二章

「快點逃啊——」

幾乎稱得上淒厲的尖高女聲倏然爆出，穿過爲了通風而特意不關的房門，頓時使得床鋪上原本睡得四仰八叉的白髮男孩瞬間睜眼彈起。

「我操！」一刻反射性跳下床，顧不得自己只穿了件四角褲和背心，頭髮更是亂七八糟地翹著，三兩步就往房外衝。

一踏上走廊，一刻注意到聲音是從樓下傳來的。比起自己熟識的女聲，那更像是自電視裡發出的。

電視？一刻耙了耙白髮，往樓梯方向又走了幾步。他的神智在這時候也比較清醒了，總算能弄懂現在是怎麼回事。

有人在一樓客廳看電視，還很沒公德心地把音量調超大！

「把聲音關小聲一點，莉奈姊！就算現在是暑假，也用不著這樣把人嚇醒！」一刻扯著嗓子吼。

下一秒，就聽見樓下的人從善如流地將電視音量轉小，顯然對方接收到一刻的抗議。

「靠，眞他媽的……一早的搞什麼鬼啊……」一刻抹了把臉，含糊地咕噥道。冷不防從睡夢中被驚醒的感覺一點也不好受，心臟還有些失速地跳，偏偏再睡回籠覺估計也睡不著。

一刻認命地回房換穿衣服，再踩著室內拖鞋到廁所刷牙洗臉。

耀眼的陽光從換氣窗外照進，不止帶來了光線，也一併傳達熱度。

今天又是個高溫的好天氣。

一刻抓下掛在一旁的小兔子毛巾，胡亂擦乾臉上的水珠，一邊思索著待會兒要做什麼事。是要去採購家用品呢？還是不出門，在家進行大掃除？

暑假不知不覺已過了快一半，現在都來到七月底了。

暑假裡，一刻倒沒有像其他大學生去尋覓打工。他在繁星大學唸書時，就已順便兼差打工，既然都放暑假了，便趁機會好好休息。

——好吧，好好休息只是一刻自己的奢望。

事實上，就算他回到潭雅市，三不五時還是得被神使公會召喚回去，不是做什麼訓練，就是對付吞噬人心欲望的瘴。

至於出沒在潭雅市的瘴，理所當然也要算在他的頭上，誰讓他是潭雅市的神使？

唯一能稱得上幸運的，或許就是潭雅市有他的一雙青梅竹馬幫忙，繁星市則有柯維安他們在，不須自己一人孤軍奮鬥。

還有，他們對付的都是瘴，不是瘴異。

即使只有一字之差，瘴和瘴異之間的等級卻是天壤之別。

瘴是會吞吃欲望的妖怪，在被觸地的欲線釣起入侵宿主體內前，它無法眞正以實體在人世間遊走。

而瘴異，便是進化的瘴，也就是瘴的異變體。

它們不知因何開始有了實體，外形肖似裹著黑斗篷的人形，臉孔一團混沌，只看得見兩隻猩紅如血的眼睛。它們甚至不必再等欲線長得碰地，只要有欲線，心也會跟著開出空隙。

瘴異是利用人心的空隙，鑽進宿主的體內。

自從岩蘿鄉的社遊結束後，一刻等人暫時沒再遇見瘴異，彷彿它們無聲無息地消失了。不可能，瘴異不會無聲無息地消失。一刻掛回毛巾，毫不猶豫地否定前一秒的思緒。

在岩蘿鄉，他們終於得知瘴異的眞正意圖。

瘴異想要復活被稱爲「唯一」的大妖怪，蒼淚。爲此，它們打算破壞蒼淚的封印，其中一個封印就在岩蘿鄉西山妖狐的領地。

就算那處的封印如今已被安萬里重新修補鞏固，可還有其他封印存在。如果解開其一的封印，是不是……就能讓蒼淚不完整地復活？

一刻不知道，他不曉得神使公會的人知不知道。

「馬的，越想越煩……」一刻吐出口氣，暫時放棄繼續深思下去。反正不管如何，他都不打算袖手旁觀，況且他也不覺得胡十炎會讓他們袖手旁觀，否則前些日子也不會無故增加那麼多的訓練。

對於磨練自己，一刻並不討厭。不過不代表他就不會討厭在大半夜被人一通電話挖起來，不管是不是好夢正甜，硬要人趕到繁星市去。

「那隻混蛋狐狸，玩人也不是這種玩法……」想到之前幾次一點也不美好的經歷，一刻忍不住低咒連連。

有一回半夜要摸黑出去，還被正好留宿在他們家的江言一錯當成小偷，兩人險些在家裡上演一場全武行，只不過被隨後醒來開燈的宮莉奈制止了。

那時候，一刻幾乎就要在自己未來的堂姊夫臉上留下一個黑眼圈。

「要是能揍下去，鐵定很爽……」對此，一刻至今還有些遺憾。他和江言一認識幾年，依舊互看彼此不順眼。但要是打起來的話，讓宮莉奈擔心也不是他們兩人樂意見到的事。

「等等，說到莉奈姊……我總覺得我好像忘了什麼……」一刻思緒一頓，他盯著自己張開的手指，覺得腦袋裡有什麼一閃而過，他差點就可以抓住了。

抱持納悶的心情，一刻原本要走向樓梯口，可是乍然響起的音樂鈴聲拉住他的腳步。音樂是從一刻未關門的房間裡傳出的，是他的手機在響！

意識到這件事，一刻想也不想地快步跨回房裡，迅速從床頭櫃上抄起手機。

來電顯示是柯維安。

對於打電話過來的，不是那名總是用天真的語氣說著氣死人話語的六尾妖狐，一刻由衷鬆了口氣，他可不想一早又嚐到血壓飆高的滋味。

「喂？」思索著柯維安是來傳達公會指示，還是無聊話家常，一刻接起了手機，隨即就接收到一串劈里啪啦的語音攻擊。

「小白白白！小白親愛的、小白甜心，人家好想你！沒有你陪我一起盯梢公園的日子，眞是讓人覺得孤單寂寞冷嚶嚶，我每天欣賞小天使的時間甚至都因此減少了五分鐘！」

「……你打錯電話了。」一刻一點也不猶豫地切斷通訊。

房間裡的安靜只維持不到幾秒，手機很快又瘋狂地響起，來電的人還是柯維安。

一刻抱著胸、瞪著手機好一會兒，最後還是再次接起。他才不承認因爲打電話過來的是那名老是擺出哀求表情的娃娃臉男孩他才心軟，假使換作是另一名前室友，他大可以硬著心腸，任憑手機響到海枯石爛。

沒錯，宮一刻才不會公然承認，自己對可愛的人事物最沒抵抗力了。

「小白啊！你剛剛怎麼能掛我電話？你太郎心如鐵，我真的會哭給你看喔！」柯維安哀怨的大叫馬上又從手機裡淹出，「我們明明都是那種關係了，有很多親密接觸的那種關係耶！」

「如果你是指揍你一頓也是親密接觸的話，那麼我承認我們的確是非常親密，而且我也很樂意繼續再他媽的加深下去。」一刻面無表情地說。

另一端的柯維安立刻像被噎到，頓時沒了聲音。

「柯維安，說重點。」一刻沒有放過這個安靜的空檔，剛起床不久的低沉嗓音更是添加了不少威脅性質，「一句話給我解決完畢，否則老子絕對秒掛你電話。」

「呃，小白甜心……你是不是剛起床？聽起來就是一副起床氣……嗚啊啊！別掛我電話！我不是故意要岔開話題的，我這就要說了！」似乎嗅到山雨欲來的危險氣味，柯維安忙不迭地高喊，「我就在小白你們家門外啦！」

「……啥？」不得不說，一刻是真的愣了，「你在……」

「你們家門外唷，我現在人在潭雅市了。」察覺到對方不會輕易掛自己電話，柯維安恢復笑咪咪的語氣，「嘿嘿，有沒有驚喜呀？」

「靠，驚嚇還比較多吧？」回過神的一刻不客氣吐槽。他向後耙抓一頭白髮，決定問清對方的目的再去開門放人進來，當然也少不了故意要讓人多曬點太陽的心思存在。

雖說當了一年的室友，但這還是柯維安第一次主動跑來自己家，一刻實在很難相信柯維安只是臨時起意來拜訪的。

那傢伙看起來一派樂天，像是對事情都沒多想，其實心思縝密得很，有時候就算用「狡猾」來形容也不爲過。

這種性格的柯維安，如果要來潭雅市找自己，不太可能前一天不事先聯繫。畢竟要是照柯維安所說，是想來給自己一個驚喜，那萬一自己碰巧不在，別說「喜」了，估計就只剩下「驚」而已。

「你突然跑過來是要幹什麼？不說出來就別想進我家。」一刻威脅。

「小白你心腸太壞了，大大的壞啊！沒事就不能來找你嗎？我……」

「柯、維、安。」

「對不起，我不該又繞開話題的，一切都是小的錯！」從短短的三字感應到殺氣，柯維安迅速以再嚴肅不過的語氣大聲說：「是老大要我來接你的！這次我絕對沒有說謊，小白，老大說有非常重要、緊急的事要宣布，要我們趕緊到社辦集合！」

「慢著，社辦？不是公會？」一刻詫異地問。

「對，就是我們繁星大學不可思議社的那個社辦。」柯維安肯定地說。

「見鬼了，胡十炎那個傢伙又想搞什麼？」一刻拿開手機，瞪著它的眼神像是想在上面戳出一個洞，可是他也沒忽視柯維安口中「非常重要、緊急的事」。

「……算了，你直接按門鈴，莉奈姊就在客廳看電視，她會幫你開門的，我立刻就下去。」一刻果斷拋出話，也不管另一端有沒有傳來回應，就掐掉了雙方間的通訊。

一刻三步併作兩步地跑出房間，門鈴聲也在這時響起。

「莉奈姊，幫我開個門！」跑到樓梯口的一刻大喊，「那是我……我操！」

原本要脫口的「同學」兩字硬生生被轉成了髒話，一刻張大眼，霍然想起自己究竟是忘掉什麼事。

他堂姊在一早時就敲過他的房門，說了幾句關於自己要出門，記得早餐、午餐、晚餐都要好好吃。

換句話說——宮莉奈今天根本不在家，她大清早就被江言一帶出去約會了！

要是宮莉奈不在，那麼在樓下客廳堂而皇之看起電視的人……是誰？

一刻急忙連跨數階樓梯往下衝，當視野內終於納入客廳景象的同時，也納入了一抹正準備離開客廳，前往開門的纖細身影。

那人一身滾邊粉色洋裝，過腰的長髮就像烏鴉羽毛，墨黑中又帶著美麗的光澤，露在洋裝外的手腳白皙細長。縱使沒轉過身，那完美的背影也能引人遐想。

但是一刻絕對不會是那當中的一個。相反地，他驚愕地倒抽一口氣。

「靠靠靠！妳是哪時候回來的!?妳不是去度蜜月了嗎？為什麼就只有妳一個人？」

「因為妾身是突然想起有東西忘記拿，才特意先回來一趟的呀。沒想到莉奈不在，你又睡得像小豬一樣，所以善體人意的妾身就決定幫忙顧個家，到你起床為止。」那聲音脆生生的，像是銀鈴般悅耳，接著那人影轉了過來，雙手扠腰，尖白的下巴抬起。

「怎樣，感動吧？想要痛哭流涕了對不對？」

「對妳老木啊！將電視音量開到超大是哪門子的狗屁善體人意！」一刻只覺怒火沖上心頭，不管底下站的是一名外表僅有十六、七歲的美少女，立時破口大罵，「妳根本就是擾……」

「妾身沒聽見，什麼也沒聽見。妾身要去跟夫君會合了，所以善體人意的妾身就順便幫你開個門吧。對了，今天的圓點四角褲，妾身也拍下來傳給小染和阿冉啦。」容貌和背影一樣完

美的美少女笑嘻嘻地說，然後一溜煙就往外跑。

今天的圓點四角褲？拍下來？一刻腦袋空白一瞬，才重新運作。接著他那張本來就不親人的臉孔，更是鐵青得近乎猙獰。

「我操妳家的……媽的！爲什麼我家靠杯的就是妳家！」一刻衝了下來，「妳該死的居然還到我房間裡偷拍？還傳給蘇染和蘇冉？老子絕對和妳沒完！織——」

一刻石破天驚的怒吼在他奔出走廊、看見前方的粉色人影已經拉開大門，迎入另一個人時，硬生生地猛然收住。

幹！家醜再怎樣也不該外揚出去！

站在門外的柯維安如果知道一刻的想法，他一定會告訴對方，憑剛剛那陣怒吼的威力，要穿透門板簡直輕而易舉。

換言之，就是他在門外都聽得一清二楚了。

不過柯維安自然無從得知一刻的心思，此時的他正目瞪口呆地盯著幫他開門的那個人。

那不是莉奈姊，而是一名美麗得不可思議的長髮少女。

就算已經見識過楊百罌的美貌，但眼前的少女和楊百罌的艷麗卻又是截然不同。她的膚色皎白似雪，五官精緻得像是人偶，漆黑的大眼無比水靈，眉宇間還有一抹與生俱來的傲氣，長長的墨色髮絲則如鴉羽豐厚。

眞……眞漂亮啊……柯維安的內心剛跑出這幾個字，就因爲少女突如其來地湊近而心跳如擂鼓。

天啊，師父！有活生生、三次元的美少女主動靠近我了！柯維安簡直想激動地這麼吶喊，沒想到少女同時開口，好聽的嗓音刷過他的耳邊。

「妾身認得你哪，你是文昌的徒弟對不對？文昌當初撿回來的小不點都長這麼大了。」

咦？妾身？文昌？哪一個文昌？柯維安罕見地腦海一團混亂。

看著呆愣的他，那少女又笑嘻嘻地說：「妾身的部下三號就拜託你多照顧了，妾身再不走，夫君就要擔心得來找人啦。」

留給傻愣的柯維安一抹似花的笑靨，少女輕盈地越過他的身旁。

柯維安的腦袋還在爲更多字詞混亂，可是他的身體終於在這瞬間做出反射性反應。

「我靠！妳是人妻!?」柯維安震驚異常地扭頭大叫，只是後方卻已空無一人。

那名美麗的少女就像平空消失般。

柯維安急急再轉回頭，大力地一把抓住一刻的肩膀，滿臉的不敢置信和悲愴。「小白白白啊！爲什麼會有活生生的人妻從你家出來？還是那麼幼的人妻！你說，你和她究竟是什麼關係？你忘了還在繁星市苦苦等你的我們嗎？你這個令人羨慕嫉妒恨的人生贏……不對，是負心漢！」

「我操……」這下滿頭黑線也罵出髒話的人換成一刻了，「負你媽的蛋啊！」

「不對啊，小白，我想任何人的媽都不可能會有蛋的。」柯維安認真的表情只有一瞬，下一秒又嚶嚶地抓著一刻繼續哭訴，「小白，我不依啦。你一定是和那位美少女有這樣那樣的關係，不然她怎麼會叫你部下三號？你們是不是在玩什麼女王遊戲？怎麼可以不帶上我一起……！」

柯維安忽地閉上嘴巴，直到此時，他好像才眞正意識到什麼。

文昌的徒弟……部下三號……他的師父只有一個人，剛好就是被尊稱爲「文昌帝君」的張亞紫。而誰會是他家小白的上司，還能直呼他師父「文昌」？

柯維安的眼睛越瞠越大，雙手也不自覺從一刻身上放下。

「難、難不成……」他震驚無比地指指門外，又指指一刻，「織織織織織織……」

「織女。」一刻很好心地替柯維安接出完整的字，不得不說對方的反應讓他心情變好，

「『牛郎織女』中的織女。」

「我靠！」柯維安的下巴差點要掉了。自己的師父就是神是一回事，親眼目睹另一名家喻

戶曉的神又是另一回事。「那位美少女就是織女大人!?慢著，不對、不對啊！」

柯維安猛地又大呼小叫起來，「小白，織女大人不是應該是超級無敵世紀可愛的小蘿莉嗎？說好的小蘿莉呢？這是詐欺！身為小天使愛護聯盟一員的我，絕對要抗議、要申訴！」

「申你去死。」一刻冷酷無情地回了四個字，將對方往內一拉，再冷酷無情地踹上對方的屁股，「給我滾到客廳裡去，你這個死變態，否則就自己把那顆糟糕的腦袋撞一撞，或是我幫你撞。」

柯維安二話不說就自動滾進了客廳裡。

喀！

稍嫌用力地將盛滿開水的杯子放在柯維安面前桌上，一刻雙手環胸地站著，居高臨下地俯視對方。

「呃，小白……」柯維安喝了口茶，囁嚅地說：「你這樣……我壓力山大耶。」

「我就是知道才這樣做。」一刻沒好氣地哼聲，不過還是在對面沙發一屁股坐了下來，「早餐吃了沒？沒的話我一起做。」

「小白！」柯維安的雙眼登時發亮，他就知道他家小白刀子口豆腐心，不愧是他的天使！

「能嚐到你的手藝我真是覺得太幸福了，不枉費我出門前在我師父的照片前燒三炷香。只是很可惜，這次我必須拒絕你的好意。事實上呢……噹噹！」柯維安有如展示般將背後的包包解下，從裡頭一股腦地掏出數個三角飯糰。「小七牌飯糰，多種口味、任君選擇，這樣還能省了小白你下廚的工夫。怎樣？我對小白來說是不是也是善體人意的小天使？」

「閉嘴，老子暫時不想再聽到『善體人意』這四個字。」一刻陰沉著臉，隨手接了一個飯糰，三兩下撥開外頭的包裝，再將飯糰一把塞進柯維安的嘴巴內。

去他的那四個字，有誰的善體人意會是一早用超大的電視音量將人吵醒，而在吵醒前，甚至還神不知、鬼不覺地偷溜進對方房裡，拍下所穿四角褲的照片，再傳給對方的青梅竹馬？

——操！該死的還眞的有，就是織女那丫頭！

一刻自己也抓了個飯糰，忿忿地大口咬下。就算織女的眞身不是小蘿莉，他仍是習慣以「丫頭」或「小鬼」來稱呼對方。

柯維安咀嚼著食物，偷覷著一刻的臉色。看得出來對方的心情離愉快還有一小段距離，他相信改變他家甜心心情的重責大任就在自己身上。

「小白。」柯維安嚥下嘴巴內的東西，已經決定要用哪個話題出擊，「所以織女大人爲什麼不是以蘿莉的外表出現？我超希望能趁機抱一抱、蹭一蹭的啊！而且我居然還忘記要簽名！」

「你抱下去、蹭下去，就等著被嫉妒心爆表的男人和一隻鳥聯手蓋布袋吧。」一刻面無表情地說，臉上的烏雲一點也沒有消散的跡象，反倒越聚越多了，「她的真身本來就是這樣。不過這次特意變回來，估計是終於發現這樣才會被人把她和牛郎當情侶，而不是父女，或有人蓄意誘拐兒童。」

「鳥？」柯維安困惑地張大眼。說到「牛郎織女」這則神話中的鳥，就只有……「喜鵲？喜鵲也是真的存在嗎？」

相較於柯維安的驚喜和激動，一刻則是拒絕回答。他才不想管那三角戀，尤其有一方還一直興致勃勃地想讓「牛郎織女」變成「喜鵲織女」。

柯維安眼尖地注意到一刻的心情指數似乎又下降了，他立即換了個話題。「小白，你難道不好奇老大說的重要、緊急的事是什麼嗎？我超好奇的。」

「……啊？」一刻的單音不僅是單純的疑問，更多是在質問柯維安——搞什麼鬼？你自己都不知道就衝來我家嗎？

「我是真的不知道啊。」最近解讀一刻眼神很有心得的柯維安無辜地聳聳肩，「是老大吩咐我這麼對你說的嘛，他說這樣你才有危機意識，一定會馬上嚇得跳起床。」

雖說自己是被電視節目的那句高分貝「快逃啊」嚇得跳起，但一刻不得不承認，從柯維安那裡聽到那些話，還真的是讓人非常火大。

「危機意識？」一刻倏地站起，冷不防拉過柯維安的胳膊，不客氣地勒上他的脖子，「我看你才是很想知道什麼叫作危機意識吧？」

「哇！小白救命，求放過！」柯維安哇哇叫，揮動著雙手，「一切都是老大的陰謀，我這小小的會員也只是遵照上面的指示……嗚喔喔！會不能呼吸……老大雖然沒說出什麼事，但他還是有交代要小白你順便找點人手到社辦去！」

「人手？社辦？」一刻的手勁鬆開，沒想到句子還有後續，「那你幹嘛不更早說？非得被人逼供才坦白？你M嗎？」

「其實有人覺得我是S……咳咳。」柯維安摸摸脖子、喘口氣，跌坐回沙發上，「不是我故意拖著不說，一樣是老大交代，必須先說出危機意識的事，才能告訴你召集人手的部分，這樣才有轉折的戲劇效果。」

「效果個屁，你的呼吸都差點轉折到停了，胡十炎是想玩死你嗎？」一刻匪夷所思地瞪著柯維安。

「唔，我也覺得老大在玩我……」柯維安忍不住又摸摸脖子，「但不做的話，估計之後會被玩得更慘。六百年的老妖怪，我們小小凡人太難摸懂他們的心思了。」

「那召集人手又是怎麼回事？公會是沒人了嗎？」一刻皺眉坐回沙發上，「還有，不可思議社的其他人呢？」

「老大似乎是不想動到公會的人，大概是不想以公會的名義出面，所以才找上還有社團身分的我們，只是詳情就真的不清楚了。至於我們的社團，現在倒是真的鬧人手荒喔。」柯維安豎起了四根手指，「安萬里那狐狸眼的又去追星了，追哪顆星我們心知肚明就好。小語不方便；班代和曲九江聯絡不上，總之不在楊家就是了。」一一扣下來，社團的戰力現在只剩下你和我而已。」

一刻咂下舌，倒也不覺得楊百罌和曲九江聯絡不上有哪裡奇怪。畢竟暑假期間，人家說不定是一家子都出門旅遊了。

「總之，一定要找人手過去就是了吧？」一刻接過柯維安見底的杯子，站了起來。他先走到家用電話前，嫻熟地按下一串號碼，順道還按了擴音。

他打電話的時候，總是習慣按下擴音鍵，讓講電話中的自己手邊能繼續做著一些事情。

隨著另一端傳出悅耳的鈴聲，柯維安看見一刻晃到廚房去，在鈴聲停止前就已端著一杯香氣瀰漫的奶茶晃出來。

「拿去，給你，一大早還是別喝咖啡好。」當一刻將熱奶茶塞給柯維安的瞬間，鈴聲也被兩道人聲取代了。

「一刻，早。」

「早，一刻。」

兩道聲音幾乎分毫不差地一同響起，聽得出聲音是屬於不同性別。

「早，蘇染、蘇冉。今天有空嗎？我們社團需要點人手。」一刻也不囉嗦，直接切入重點。

他沒逼著要人把四角褲的照片交回，他敢篤定即使照片傳了過來，他的那對青梅竹馬也絕對會留下拷貝的，那倒不如裝作沒發生這回事，以免他再血壓飆高爆血管。

「有，今天……」回答的是平淡的男聲，可是話還沒說完，就像遭到什麼摀住一樣，頓時只留含糊的悶哼。

一刻的眉毛挑了起來。

柯維安的眉毛也挑了起來。

「今天家裡剛好有事，一刻。」換女聲開口，清澈的音質令人想到月光下泠泠的溪流，「蘇冉只是因爲今天收到織女的照片很高興，以至於腦袋發昏，忘了我們無法陪伴你。」

「腦袋發昏，沒有。」男聲平靜地抗議。

「附帶一提，我也非常高興，我已經將照片存進電腦裡設為桌面了。」女聲無視，清冷地繼續說下去，「我打算P上其他的圖案到四角褲上試試，這樣也是最快能決定之後我們要送你哪一種款式比較好的方法。」

「那還真是他、媽、的謝謝你們。」一刻咬牙切齒，完全不想進一步知道對方究竟想對他的照片做什麼事，「你們靠杯的非得在別人生日時送上一打四角褲嗎？」

「不，今年我們打算送三角褲。」女聲流暢地說。

「再加上別的東西。」男聲堅定地補充，「驚喜，不先說。」

「一刻，這次不能陪你，我們感到很失望。」

「還有傷心、難過。」

「所以，可以答應我們一個要求嗎？」

「有話就快說，有屁就快放。」一刻抱著胸，語氣不善，可仍答應了來自電話另一端的要求。

柯維安捧著杯子，嘴巴微張。只有他覺得哪裡不對嗎？為什麼會變成像是他家小白無法赴約，所以為了彌補才要答應對方的條件？

「你的生日，可可和蔚商白要合送你手機。」

「智慧型的，以後聯絡更方便。」

「那手機之後可以讓我下一個叫『查找我的手機』的ＡＰＰ嗎？我會負責做好設定的。」

「喂，你們把別人的驚喜都爆出來了……」一刻無力地嘆氣，「送什麼手機啊……記得叫他們挑最便宜的。反正什麼ＡＰＰ到時候會拿給你們，讓你們幫我搞定。就先這樣，替我向阿姨和叔叔問好。」

一刻不再給另一端發言的機會，果斷切掉電話。一轉頭，就看見柯維安的嘴巴張成Ｏ字形，一臉呆滯地瞪著自己。

「哪裡有問題嗎？」一刻揚了揚眉問。

「呃，小白……你的青梅竹馬到底是叫什麼名字？我完全分辨不出哪裡有差異。」還處於呆愣狀態的柯維安下意識問道。

「姊姊是蘇染，染色的染；弟弟是蘇冉，冉冉的冉。很好認吧，哪裡沒差異？」一刻用著莫名的眼神看回去，像是不明白柯維安爲什麼要糾結。

柯維安更糾結了。這哪裡有差異？唸起來都同一個音啊。但更重要的是……

「小白，你居然願意讓人裝那個ＡＰＰ？那可是『查找我的手機』，是『查找我的手機』

耶！」柯維安激動得像要跳起來。

「所以呢？」一刻一頭霧水，他對這些根本沒研究，反正蘇染他們要弄就讓他們弄。

「你竟然還問所以？」柯維安瞪大了眼，「小白，你難道不知道嗎？那APP除了專門預防自己的手機遺失後可以尋找到位置，也能被人跟蹤和定位啊！就有人專門用來抓女朋友或男朋友偷吃的證據的！」

一刻看著柯維安，他還眞不知道這回事。不過下一秒，他聳聳肩、一派習以爲常的態度，「蘇染又不是沒跟蹤過，裝了之後起碼可以省了她還得跑來跑去的工夫。被人知道定位也沒什麼大不了，這樣他們還能少操心……而且聽這個，總比我聽到他們說送人三角褲就是爲了要扒下來好吧？」

一刻邊嘀嘀咕咕邊皺起眉，渾然沒留意到沙發上的柯維安已經呆若木雞，全然就是被驚得傻了。

……我的天啊，小白你和你的青梅竹馬原來都是這樣相處的嗎？還有跟蹤的到底是女孩子那位還是男孩子那位啊？柯維安不禁覺得訊息量有點太大。

一刻自然不會清楚柯維安此時的內心活動，他手指抵著下巴，若有所思地喃喃，「蘇染、蘇冉不行，夏墨河和尤里……也不行。一個留學沒回來，一個雖然是唸本地的大學，但也跑去跟未婚妻出國玩了。潭雅的都PASS的話，就只剩下……」

一刻放下手，視線不自覺瞥向了牆上掛著的月曆。每兩個月會換一幅著名景點的風景照，七、八月剛好輪到湖水鎮的澄湖。

「咦？不是淨湖嗎？」回過神來的柯維安也加入了注視的行列，「小可常說他們那最美的就是淨湖了。」

「那是私房景點，一般人比較知道的還是澄湖。」一刻收回目光，心中也拿定好主意，話筒一提，便迅速地再撥一串號碼出去。

這回沒開擴音，柯維安只能聽到一刻這方的話。

「蔚商白嗎？你們今天有沒有空？」

「胡十炎不知道又有什麼鬼主意了……」

「嗯，就直接繁星的圖書館前集合，坐校車的話那裡也有站會停，我們到了就一起去社辦。」

「時間嗎？我看一下……就十二點半吧，午餐記得先吃。」

俐落地交代完一串，一刻掛回話筒，再轉頭，面前霍然湊上一張放大的娃娃臉。

也許是嚇多了還眞的就嚇習慣了，一刻沒脫口爆出髒話，但還是將那張靠太近的臉一把推開。

「幹什麼湊那麼近？」一刻白了柯維安一眼，「人手找好了。蔚商白和蔚可可他們剛好就在繁星市，省了還要特地從湖水那趕來。」

「有小可和小可的哥哥在，我相信戰力一定足夠的。」柯維安眨巴著大眼，「小白、小白，我想起一件很重要的事，你生日是最近嗎？」

「八二三，你的呢？」一刻想起自己似乎也沒問過柯維安這類個人資料。

「我的嗎？我的今年還沒……嗯……」柯維安含糊地說。

一刻以爲對方是指今年的生日還有幾個月才到，也沒再多問，只是暗中記下，日後再來好好弄個清楚。

如今既然人手找齊了，還和人約好了時間會合，一刻也不想遲到讓對方等太久。示意柯維安將杯子沖一沖放到流理台邊上，他自己也是三步併作兩步跑上樓，收拾幾件該帶在身上的東西後，也不忘留個言給宮莉奈，報備自己出門可能晚歸或是不歸的事。

誰知道兩名男孩前腳剛踏出屋外，一片陰影忽地呼嘯撲來。

那「啪啪」的聲音驚得一刻反射性抬頭，微縮的瞳孔裡倒映出一隻漆黑大鳥的影子。

柯維安也看到了，但他卻是大叫出一個名字。

「八金！」

在那聲叫喊中，黑色大鳥攏了雙翅，雙足不是停佇在柯維安的手臂上，而是直接往他頭頂踩下去。

於是柯維安總被取笑像鳥巢的髮髮，這下可真的成了「鳥巢」了。

被稱爲「八金」的黑色烏鴉熟練地蹲踞下來，抖抖羽毛，腦袋稍微抬高，一副臨風顧盼地睥睨著人，那模樣簡直就像在高傲地表示：見到本大爺了還不趕緊跪下請安？

姑且不管那鳥是公的或母的，對於鳥眼看人低的傢伙，一刻向來是不會回以好臉色的。他皮笑肉不笑地扯動嘴角，露出一個凶氣四溢的笑容。

或許是本能感受到危險，頓時只見八金氣勢全萎了下來，腦袋也不敢抬得太高。

「眞是的，八金，就跟你說我的腦袋不是讓你當架子踩的。」柯維安像是沒發現頭頂上短暫的眼神角力，他俐落地抓住八金的腳，猛地將牠一把倒抓下，動作熟練得就像已做過無數次，「下次再踩錯，我眞的會把你塗成五顏六色喔。」

「嘎嘎！柯維安你這個混蛋，說得你好像從來沒有對我出手過！粉紅色！你上次居然把我塗成粉紅色！」八金拍振著翅膀，像被勾起心靈創傷般尖聲嚷道。

「那可是愛與夢想的顏色唷。」柯維安露齒一笑，以倒吊的姿勢，高舉喋喋不休的八金。

「小白，和你介紹一下。這隻烏鴉是八金，執行部的頭的跟班。附帶一提，執行部也就是我們這些神使隸屬的部門啦，八金的主人就是我們的上司。再換句話說，也就是負責統率全部神使的。只是咱們這位頂頭上司三年前就離家出走，說要去尋找新的自我了。」

「……公會裡的正常人真的都死光了嗎？」一刻打從心底只有這個疑問。

「太過分了啦，小白，人家明明也很正常的！跟老大和狐狸眼比起來，我是如此純潔、純良、正直！」柯維安隨手將抓著的八金一扔，小媳婦樣地想撲上一刻哭訴。

「不，你是變態，而且你把別人家的鳥丟出去了。」一刻眼明腳快地抬腳抵住那具險些就撲抱上來的身子，大有「敢再得寸進尺，就別怪我將你踹飛」的意味。

接收到警告的柯維安哀怨地哼唧了一聲，只能訕訕地退回去。

「所以執行部的頭到底是怎樣的一個人？」一刻問。

「我三年沒見著她了……」柯維安抓抓頭髮，認真思索，「就是一個頭髮短短，看起來很像粗野小男生的女孩子。個性其實還挺不錯的，就是有點會壓榨人。自從她離家出走後，她的烏鴉就被老大用來當傳令兵了，這次估計也是要傳什麼消息給我們吧。」

「那你還把人家的傳令兵丟出去？」一刻抱胸挑眉。

柯維安眨眨無辜的大眼睛，三秒後猛地蹦跳起來，像是想起有這回事般衝去搶救正眼冒金星的八金了。

「八金、八金！你不要死，振作點啊！八金！」柯維安緊張地掐著八金的脖子用力搖晃。

一刻終於看不下去了，照柯維安那個手勁，那鳥本來沒死，也鐵定會被柯維安給弄死。

「你掐得牠沒辦法呼吸了。」一刻迅速將八金搶過，「喂，胡十炎那小鬼是要你傳什麼話給我們嗎？」

「你……」八金虛弱地抬頭，「你讓本大爺踩你頭頂上，本大爺就大發慈悲地告訴你。」

換一刻毫不猶豫地將八金再扔出去。

「嘎——咿！」慘遭兩次拋投的八金發出淒厲慘叫，呈現完美拋物線地飛越到外邊路上，然後不偏不倚地撞上一輛正開過來的車的擋風玻璃。

「啪唧」一聲，八金貼著玻璃，慢慢地滑了下來。牠奮力舉起一邊翅膀，顫顫地想在上頭寫下什麼字。

一刻和柯維安可沒想到會這麼剛好有車開過來，兩人一驚，急忙跑出前院。萬一被普通人知道八金是隻會說話的烏鴉，不曉得會引起什麼風波。

當兩名男孩跑至巷道上，那輛遭到飛來橫禍的車同時也打開車門。

車主人自裡頭走下。

一刻不禁一愣，車主人居然是個年紀看起來比他們小的少年。染著深色的灰長髮，還向後紮綁成公主頭的樣式，露出光潔的前額與像是天生就不高興的青稚五官。

少年彷彿特別偏愛灰色，不單頭髮染成灰的，就連一身衣服也是灰不溜丟。而在一片灰中，那眼睫毛和眼睛虹膜的白，赫然格外顯眼。

等一下！眼睫毛和虹膜是白色的？一刻愕然，原本盤旋在心頭的「未成年有辦法開車上路嗎？」，立即被另一個念頭大力擠掉。

那小子……是人類嗎？

相較於一刻的錯愕，柯維安則是直接吃驚地喊了出來，然而他針對的並不是少年的古怪之處，反倒是——

「灰……灰幻！」柯維安驚得闔不攏嘴，食指也反射性比著他們公會的特援部部長，「你居然離開繁星市了？什麼風把你吹過來的？你不是在負責監修我們之後要住的宿……！」

猛然意識到什麼，柯維安連忙摀住嘴。他偷偷瞄著一刻，就怕自己眞不小心提早洩露了神使專用宿舍的祕密。但他似乎是多擔心了，因爲後者的注意全放在另外兩個字上。

「灰幻？」一刻訝異地重複，瞬間想明白了，「你們認識？他也是公會的人？」

「正確的說法，我不是人。」灰幻看不出表情地瞥了一刻一眼，他的嗓音介於中性，有些令人聽不出是男是女。他以粗暴的動作將擋風玻璃上的八金提起，「死鳥，你要是敢在上面寫一個字，弄髒我的車，我就把你扔到溝裡埋了。」

八金馬上一動也不動地裝死，連大氣也不敢吭一聲，儼然相當清楚對方的暴烈脾氣。

隨手將八金丟到車廂後座裡，灰幻不耐煩地敲敲車頂，「還傻著做什麼？不會坐進去車裡面嗎？別跟我說不搭陌生人的車。灰幻，妖怪，公會特援部的部長。自我介紹完了，沒問題了吧？」

「不，我覺得問題大得很啊。」柯維安代替張口結舌的一刻發言，「你沒說清楚你到底要載我們去哪裡？灰幻，如果你要載我們到充滿小天使的國度，我是絕對不會反對的。」

「那你路上隨便找輛卡車撞，就能看見天使了。」灰幻扯著嘴角，也不管兩名神使還杵著不動，自己先坐進駕駛座，「想知道曲九江和楊百罌發生什麼事，就滾進來。還是說你們不想知道那名半妖和那名人類是被綁架到哪裡了？」

灰幻的語氣雲淡風輕得像在討論今天的天氣，可是話中內容卻無疑在一刻和柯維安心中扔下一枚重磅炸彈。

綁架？曲九江和楊百罌被綁架!?

我操！這見鬼的是發生什麼事，柯維安？

冤枉啊！我眞的不知情的，小白白白！

短短時間裡，一刻和柯維安就完成了眼神對談，然後二話不說地馬上上車。

幾乎後座的門一關上，駕駛座上的灰幻也猛地踩下油門，車子就像火箭般彈射出去。

「咿咿咿！」柯維安差點就拿臉去撞椅背，他抓著門邊把手，扯著嗓子驚慌失措地大叫，「灰幻，你到底要帶我們去哪裡？拜託別眞的帶我們到實際意義上的天國啊！地獄也不要！」

在呼嘯的引擎聲中，灰幻沒耐性地大吼，「去見老大！你們兩個煩死人的小鬼，我一開始不就說了嗎？」

靠夭啊！最好你有說！這次，就連柯維安也忍不住和一刻在內心異口同聲地狠狠咒罵。

第三章

柯維安在神使公會中也算資歷深的，雖然比不上那些歲數輕易就破百的妖怪或神祇，但是在「神使」這塊領域裡，還是可以稱得上「前輩」兩字。

只是就算如此，身爲一刻前輩的他也是第一次坐上灰幻開的車。他可從來沒想過，那名時常板著臉，但脾氣暴烈的灰髮少年，就連開車方式也是很——

暴烈。

飛速奔馳，緊急煞車；再飛速奔馳，再緊急煞車；碰到前頭有阻礙，就粗暴地大按喇叭，有時還會搖下車窗破口大罵。

於是在這近一小時的車程裡，柯維安經歷了人生第一次暈車。

當線條流暢的優雅跑車猛地在繁星大學圖書館階梯前煞住，柯維安可以說是慘白著臉，雙腿發抖地走下來，模樣說有多可憐就有多可憐，乍看下簡直像溺水受到驚嚇的小動物。

而一刻，這名戴眼鏡會顯露凶惡眼神，不戴眼鏡眼神更加凶惡的白髮男孩，對小動物向來缺乏抵抗力。

「喂，還行不行？」眼見柯維安似乎眞的就要軟腳了，一刻動作迅速地抓住他的臂膀，使得他的膝蓋避免了和地面來個親密接觸。

「我……我想還行……」柯維安虛弱地說，眼睛有些濕漉漉的，看起來更像小動物了，「但是，要是小白你對人家公主抱的話，我一定更行的……」

一刻沒有鬆手，不過他果斷地揉掉同情心往遠方一拋，「我可以給你另一個選擇，捱我一拳，然後被我當沙包扛著，怎樣？」

「呃……哈哈哈哈，我忽然又感到精力充沛、精神百倍了！」柯維安忙不迭地奮力挺起胸膛，「小白，你看我這閃亮亮的眼睛！」

「我只看到你眼睛抽筋。」一刻沒好氣地一掌拍上柯維安的臉，順道將對方壓按在階梯上坐好。他轉過身，想向送他們一程的灰幻道謝，不過那輛只在圖書館前稍停的車子已經加速衝出去，只留下一屁股的煙塵。

一刻不由得別開臉，咳了咳。

「嚶嚶，小白，爲什麼你都沒事？」柯維安可憐兮兮地哀叫，「灰幻開車太粗暴、太可怕了，老大應該禁止他來禍害我們的！」

「我有暈，但沒你那麼嚴重。你要是也常接受莉奈姊的折磨，就能跟我一樣了。」在提到

「折磨」兩字時，一刻像是回想起什麼創傷，眼神放空地望向遠方，一臉生無可戀的表情。

柯維安結結實實吃了一驚，沒想到那名親切如鄰家姊姊的女性，居然還有著這令人意想不到的一面。

一刻很快強迫自己從回憶創傷中抽離，他望了望周圍，由於放暑假的關係，校園裡看上去異常冷清，除了他們真沒看到什麼人。

盤算著這時間，蔚商白他們也該到或是快到了，一刻正想掏出手機，問一下對方目前的位置，沒想到他的手機倒是先響起了。

一見來電顯示是蔚商白的名字，一刻俐落接起。

「喂？你們到繁大了嗎？到了？」頓了下，一刻稍微拿開手機，扭頭朝坐在階梯上的柯維安說：「他們早到了，所以乾脆去附近逛逛，現在人就在離圖書館不遠的湖……湖？我靠！繁大哪時多出一座湖了？」

「啊，事實上……」柯維安搖搖晃晃地站起，舉起手，像有事想說明。

可一刻的手機裡同時也傳來了蔚商白的聲音。

一刻有些意外，因為對方的開場白居然也和柯維安一樣，都是「事實上」。

事實上什麼？一刻覺得與其站在原地聽兩人說完，倒不如直接先去和蔚商白碰頭，順便親眼看看那座在暑假裡平空冒出來的湖。於是他丟出一句「我們過去」便結束通話，抓住柯維安的一隻手臂，往圖書館另一側走去。

一刻記得很清楚，圖書館左側在暑假前還是一片草坪，稀疏地種了幾棵樹。

繁星大學什麼不多，就是草地多。尤其橫隔在餐廳和人文學院的大草原，更是令不知多少學生抱怨，爲什麼中午想吃個飯還得辛苦度過那片巨大障礙？虐待人也不是這樣虐待法。

一刻原先以爲蔚商白說的湖誇大了點，說不定只是一座大一些的水池而已。然而當他走出圖書館的遮蔽、看清眼前的景象後，他心裡僅剩下一個感想。

幹，還眞的是座湖泊。

大到可以在裡面划小船的湖泊，艷陽天下被映照得波光粼粼、閃閃發亮。周遭圍起了木頭欄杆，一旁還立有一座小石碑，上頭蒼勁地刻著兩字。

朝湖。

朝湖前只有一抹人影佇立著，他的身高放在同年紀的男性中都格外顯目，站姿筆挺，簡直像衛兵站崗一樣，特別有氣勢。加上俊秀英挺的五官、嚴謹的氣質，即使只是穿著簡單的襯衫、長褲，也像是吸引人的風景。

一眼瞧見一刻和柯維安過來了，蔚商白收起手機，等著兩人走近。他知道一刻一定會想好好見識這座湖泊，從剛才手機裡的語氣就能聽出一二。

一刻確實想好好打量眼前在暑假前還沒個影子的湖，但他一看見只有蔚商白一人後，不禁愣了愣。

蔚商白都在了，那麼蔚可可呢？怎麼沒看見那個天兵丫頭？按照以往的慣例，她不是會吵著跟過來嗎？

「事實上，」蔚商白像是輕易就看穿一刻的困惑，將手機裡未竟的話說完，「不是我們，是我而已，可可被禁足了。」

「啥？」禁足？

「有本事差點讓自己被當掉，還溜到岩蘿鄉玩沒報備，就要有本事知道後果是什麼。」蔚商白面無表情，說得平平淡淡，「爲免她的成績眞的慘不忍睹，我們家決定把她丟到短期補習班。不過她居然想偷偷找朋友帶她出去，所以我禁她足了，順便請理花大人看好她。」

「……那朋友該不會就叫秋冬語吧？」一刻看見蔚商白點頭，忍不住無力地撫著額。

蔚可可這完全就是自找死路、自作孽，不值得人同情。又不是不知道她哥以前是幹糾察隊的，還是大隊長級別，最討厭有人在他眼皮底下玩小花招。她偏偏還傻得往槍口撞，這下眞的撞得鼻青臉腫了吧？

「等等，你不會有和秋冬語打起來吧？」一刻警覺地問道。

「事實上呢，這事我也有耳聞。」柯維安插嘴說道：「小語被我師父拎回去了。師父她好像剛好去找那位理花大人聊天吧，於是也順便告訴小語，小可須要乖乖地唸書，別打擾，否則連她這位學問之神也不一定能保佑了，而且老大也有事要小語去做。」

柯維安不知從哪裡拿出一張繁星大學的校內地圖，指了指上面的一個小點。

「湖就是小語和公會的其他人員一起挖的，所以小語目前進入休養期，要好好地回復力量。至於我倒是沒參加，因為我不是體力派的嘛，大夥也不想事後還得負責扛我回去。再事實上呢，湖不是一座，是兩座。」

「見鬼了，這玩意一個還不嫌多嗎？」一刻反射性吐槽。

「兩個恰恰好啊，小白。」柯維安笑咪咪地說：「一座是這兒的朝湖，另一座是操場再過去那邊的夕湖。朝夕、朝夕，好聽吧？碑是我師父刻的唷，名字則是我取的。」

一刻已經吐槽不出來了，這槽點未免也太多，公會的人也他媽的太閒了，幹點該死的正事行不行？

「慢著。」一刻突然驚悟到一件事，「公會的人跑來繁大找事做，不覺得不合理嗎？」

「你不知道？」問出這話的人，出乎意料的是蔚商白。

「我要知道什麼？」一刻心裡馬上生起警戒。

「你們圖書館外的匾額。那樣的東西，通常會由校內的重要人士或出資者題字。」蔚商白淡然地說：「我來的時候剛好注意到，題字人的名字就叫胡十炎。我猜，應該不是同名同姓的巧合。」

「我操……」一刻不知道除了這兩字，還有什麼可以用來表示他此時的心情。

不，的確還有另外三個字可以。

「柯、維、安。」一刻的眼刀瞬間刨向最有可能知道前因後果的娃娃臉男孩。

「呃呃呃！我也以爲小白你會發現到的，原來你沒有嗎……對不起，我這就說了！其實也不是什麼大事，眞的！」柯維安連忙舉高兩隻手，表明自己會知無不言地坦承，「這裡的土地是老大的，他也有出錢贊助繁大，只是他平常不會特別到這邊走動，畢竟公會才是他的窩嘛。」

也就是說……他當初一塡就塡到一間等於是六尾妖狐開的學校嗎？一刻抹了把臉，忽然感到心莫名地疲累，有種自己早在不知不覺中踏進陷阱的感覺。

「換個方式想，起碼這間學校不容易倒，而且還有文昌帝君親自刻碑。要是被可可知道，她大概會想轉來這裡，看能不能接受到庇佑。」蔚商白說。

「你這話聽起來一點也不像安慰人。」一刻翻了下白眼。

「所以我只是隨口說說，你隨便聽聽就好。」蔚商白的語氣像是要替這話題作結，「那麼，現在呢？你找我來，我來了，要做什麼事？」

一刻眉一皺，想起確實是自己一通電話，就把西華大學法律系的高材生給抓過來，於是他的目光反射性地掃向柯維安。

仿效著一刻的舉動，蔚商白鏡片後的冷然雙眼也望著柯維安。

柯維安趕緊再舉高雙手，做出了投降狀。被那兩雙眼睛一盯，壓迫感實在不是普通地強，寒毛似乎都要一根根豎起了。可是他也覺得冤枉，他真的什麼也不知道，要是事先有掌握到什麼的話，首先他無論如何都不會跳上灰幻的車的！

解救柯維安脫離困境的，是突如其來在校園內響起的廣播。

「不可思議社辦報告！不可思議社辦報告！」

對於一刻、柯維安來說熟悉，對蔚商白來說還有絲陌生的童稚嗓音說。

「下列學生請趕緊至不可思議社社辦報到。宮一刻、柯維安、蔚商白，請馬上到不可思議社辦報到。再重複一次——」

「三分鐘內沒讓我看見人的話，你們三名小屁孩就等著被我踹屁股吧！不要懷疑我的能力，你們只要知道本大爺從來是說到做到就可以了！」

「三……三分……」柯維安當下就想哀號了，要一個還暈車的人立刻全速衝刺，老大是眞的想玩死自己嗎？

然而廣播搶先截斷柯維安的話。

「那邊那個鬈毛、臉上還有雀斑的矮子閉嘴，你以爲——」童稚的嗓音笑得又甜又無邪，「我當眞不曉得是誰和里梨聯手摔了我的杯子嗎？」

柯維安頓時寒毛倒豎，兩條腿一軟，差點就要跪下去了。

老、老大知道了!?老大果然是想玩死自己啊！

「小白、小白！小白白白……」柯維安幾乎淚眼汪汪地瞅著一刻。

「眞是沒辦法，三分鐘是嗎？」一刻拉拉手臂，抬頭看向坐落在另一邊的社團大樓。

柯維安看見一刻的眼中有著躍躍欲試的好勝光芒，他心裡生起不祥的預感。但不等他將之前的求救吞回去，就聽見一刻說：

「蔚商白，比看看誰先到吧？那棟大樓，瞧見了沒有，三樓走到底就是不可思議社的社辦，先到先贏。公平一點，我負責扛著柯維安跑，畢竟我算是個『半』。」

「我不認爲你是『半』就能擁有優勢，如果沒有小看我的意思，就照我的提議。」蔚商白任何時候都冷靜得像是泰山崩於前，而不改其色，可是只要再仔細一看，就會隱隱發現他的眼底也有著光芒，像被激起了比試的欲望，「一人負責扛半路吧，中間交接如何？」

「成，那就我先了。」一刻咧開凶悍的笑容，一掌抓住了柯維安的肩膀。

柯維安心想，自己真的要看見天國了。不管是他家小白還是小可的哥哥，戰鬥力都是他不能承受的。一定是他出門前給師父燒的香太少，才會面臨現在的狀況……

救命！他寧願被老大玩死，也不要被人全速拖著跑，中間還可能被人當沙包丟啊！

假使要問柯維安在還暈車的時候，被拿出全力的神使拉著跑，究竟是怎樣的感受？

他只有一個回答：他爲什麼偏偏就昏不倒呢？

要是昏了，還能一了百了，當什麼事也不曾經歷過，而不是像現在一樣——

「嗚噁……」柯維安的雙腳一眞正沾上地，就一屁股跌坐至地板上，也不管這裡是不是仍在走廊上。他摀著嘴巴，極力想掩住乾嘔聲，那張猶帶稚嫩的娃娃臉一片慘白，似乎就連上頭的雀斑都要可憐地褪色。

一刻可沒想到柯維安的體魄素質眞的差到這種地步，頓時也沒了確認誰先到達三樓的心思。他從口袋裡摸出條手帕，扔給蔚商白，後者像是自然明白他的意思。

「喂，柯維安。」一刻蹲下身，眉頭皺得死緊，「你還可以嗎？我沒想到你暈車暈那麼嚴重。」

這時，一條沾濕的手帕從旁遞出，蔚商白走回來了。

一刻將冰涼的手帕貼上柯維安前額，唇線也抿得直直的，彷彿擔心又不知該怎麼說出來。

「咳……」柯維安好不容易平息反胃的感覺，他伸手按住額上的手帕，感受到面前白髮男孩總不會老實說出口的體貼，他咧開一個傻氣的微笑。

「小白甜心，下次照我的要求怎樣？就是別用扛的，公主抱真的是一個好選擇，我誠心誠意地推薦。」

——你一個男的是多想被人公主抱！一刻忍住了回嘴的衝動，但眼神就是沒好氣地瞪著柯維安。

「宮一刻，我的建議是鍛鍊要從根基開始，可以讓你同學和可可一起組隊訓練。」蔚商白的眸光銳利閃了閃，「體力，都太差。」

「聽起來還不錯，一起組隊、訓練什麼的……」一刻剛認真地思考，就被人急匆匆地打斷。

「報告小白！我沒事了，絕對沒事了！我們立刻去找老大吧！」柯維安用最快速度「騰」

地站起，說什麼都不能再讓那兩人討論下去，最後真擬了個訓練計畫出來還得了！

別開玩笑了，他可是從小可那聽到太多關於她哥的魔鬼事蹟了！

顧不得自己走起路來還搖搖晃晃，柯維安三步併作兩步地率先跑入不可思議社的社辦。

社辦大門是打開的，窗戶也都敞開通風，不用開燈就相當明亮。

柯維安前腳剛踏進去，就被眼前的景象釘住了腳步。

該是熟悉的社團辦公室，如今通道底端卻無端多出了一張豪華皮椅，不偏不倚地背對著門口方向。假使不是看見椅下有兩隻腳在那踢呀晃的，還真不好判斷出椅上是否有坐人。

「那三小？」一刻的目光輕易就從柯維安的頭頂上越過，也看見那張皮椅的存在，「社辦裡什麼時候多出那張佔地方的椅子？」

「那椅子裡有坐人，宮一刻。」蔚商白沒有忽視那雙彰顯存在感的腳，心中約莫猜出對方的身分。只是他也不太能理解，對方為什麼要弄一張看起來就很堵路的大椅子，塞在這間本來就堆很多東西的社辦裡。

「咳嗯，小可的哥哥應該算是第一次正式和老大見面吧。」柯維安自覺地扛起介紹和說明的責任，他撓撓臉頰，「我們老大呢……有點古怪的喜好，大部分的時間他都喜歡坐在董事長椅，就是那種又貴又大的皮椅，還特別喜歡背對著人裝深沉。」

「裝？憑我的本事，你覺得我有必要裝嗎，維安？」皮椅驀地轉了過來，確實有人正大剌剌地坐在上頭。那金眸還是狡獪地發亮，嘴角的笑弧也是三分天眞七分惡劣，頭頂上更是一對黑色的毛茸狐耳微微抖動。

然而一刻和柯維安卻都看傻了。

蔚商白則是若有所思地瞇起眼，「胡十炎會長？我以爲你的外貌年紀應當更小，你看起來和宮一刻說的有些不太一樣。」

「靠夭啊，何止不一樣……根本是小隻變大隻了吧！」一刻震驚地大叫，「都六百多歲的傢伙還有辦法再長高？也太不科學了！」

「更不科學的是比我高啊……」柯維安乾巴巴地說。

「嘖嘖，愚蠢的凡人們。好吧，也有不算是人的，所以是愚蠢的『半』。」在一刻口中從小隻變大隻的黑髮少年輕巧地自椅子站起，不客氣地踩在一旁的桌上。他雙手揹後，像漫步般地踱到一刻等人面前，居高臨下地俯望。

少年的金耀眼眸和一雙狐耳都洩露了非人類的事實，那張潔白俊俏的年少臉孔，明顯看出和猶是小男孩的胡十炎五官極爲相似。或者該說，眼下這名少年，就是外表年紀再拉大數歲的神使公會會長。

「我就算要反轉性別都沒問題。你當我天生就長成那副模樣，活了六百多年都維持那身高嗎？別傻了，呆子，那只是因爲那模樣我用得最習慣也最舒服。」胡十炎的嗓音聽起來仍稚氣未脫，可是滿滿的都是不隱藏的嘲諷意味，接著他目光一轉，「別再想了，維安，我當然不可能是吃什麼藥才長高的。你那身高就乖乖認命吧，否則也只剩一個方法。」

「什麼？真的有長高的方法嗎？」柯維安的眼睛登時亮了。

「有啊。」胡十炎微傾下身，笑咪咪地說：「打掉重練就行。」

柯維安眼中的光芒瞬間熄滅了。

「那你沒事變成這樣要幹嘛？」一刻問，「這跟叫我們過來有什麼關係？楊百罌和曲九江呢？那個叫灰幻的說，他們被綁……你綁架了他們？」

「正確的說法，是我請人綁架了他們。」胡十炎還是踩在桌上，讓人非得仰頭看他才行。

「按照順序回答問題吧。第一，我變這樣和晚點的事是有點關係，畢竟太年輕沒辦法讓一些人信服，否則我也不會暫時放棄平常那個用得最舒服也最習慣的姿態。第二，小狩妖士和小半妖人在公會裡，當然安全得很，用不著擔心。如果是危險的事，帝君也不會幫我帶人回來了。」

「師父？老大，你叫我師父去綁架班代和曲九江？」柯維安睜大眼睛，「沒打起來嗎？曲九江的腦袋從來就沒有『尊老愛幼』這個選項耶。」

「維安，你師父似乎也不怎麼愛幼。」胡十炎靈巧地回到椅子上，擺出個舒服的坐姿，宛如他才是這間社辦的主人，「我好像忘了說，現在這社辦是處於能直接和公會通訊的狀態。」

柯維安臉色大變，急忙用手摀著嘴，驚惶地東張西望，就怕張亞紫的聲音會冷不防從某個方向傳出。

「我又忘了說，帝君和開發部的其他人進研究室閉關了，所以她平常待的主監控室現在沒有人。」胡十炎彈下手指。

幾乎是在彈指聲響亮地落入空氣的剎那，數面銀藍色的半透明光屏無聲無息地浮立在社辦中，其中一面還離一刻特別近。

一刻一扭頭，猛地就撞見一片黑色，黑色裡還有隻大眼睛緊貼著，像是在聚精會神地窺視他。

「幹幹幹！」就算一刻平常老是被柯維安或蔚可可湊近的大特寫突襲，但也不代表他的心臟真的鍛鍊到經得住嚇的地步。他反射性爆出一串咒罵，整個人往旁急退一大步。要不是正好被後方的蔚商白穩著，那過猛的勁頭差點就要讓他自己絆到腳。

「站好。怪不得牛郎先生還特地發了LINE給群組，要我們幫忙多照看一下。宮一刻，別像可可那樣毛躁。」蔚商白拍拍一刻的背，自己走上前，冷靜得近似冷酷，直盯著光屏裡的巨大獨眼，臉孔線條一絲也沒有鬆動，依然嚴厲得很。

反倒是光屏裡的黑色存在像被嚇到，下一秒飛快全縮了回去，緊接著換另一張小臉湊上。紫水晶似的大眼睛眨呀眨，粉紅色的髮絲在身前綁成兩束，白嫩的臉蛋就像包子一樣。

「頭髮白白，里梨的影子說有小白大人在外……呀啊！」眨了半晌，終於意識到自己盯的人根本不是白頭髮的人，光屏內的小女孩驚慌失措地高呼，似乎淚光閃閃，小臉蛋一下就消失在光屏裡，但很快又磨磨蹭蹭地露出半邊。

「那個、那個……你是帥哥耶。」

「……謝謝。」生平第一次被小女孩稱讚的蔚商白愣了愣，可表面上還是不動如山地道謝。

「胡里梨？」一刻這才意會過來剛才的黑色是什麼，恐怕就是那名身為「吞渦」的小女孩身影，「妳怎麼……」

「里梨啊！」驚喜交加的呼喊立即截住一刻未竟的話語，前一會兒還一副虛弱樣的柯維安瞬間像回復了精力，以極快的爆發力衝至蔚商白前方，和光屏來個近距離的接觸。

就算摸不到，能仔細地多看一會兒也是賺到啊！抱持著這個心思，柯維安眉開眼笑地將手貼著光屏。

「里梨，三天沒見我眞想妳，妳越來越可愛了！那前平後也平的曲線無論看幾次就是超完……」

一刻聽不下去了，他快速俐落地抄起桌上的一本書，捲起了就是往柯維安的後腦勺搧下。

柯維安抱著腦袋蹲下，嗷嗷哀叫。

「小白大人，珊琳叫你小白大人，那里梨我也這樣叫你啦。」似乎見習慣柯維安總是會在說話中途遭到他人的攻擊，胡里梨還是精神奕奕地和一刻打著招呼，「小白大人，你說要給里梨的熊熊呢？」

「呃……」一刻一時語塞，他早就忘記當初見面時，自己爲了安撫胡里梨曾答應什麼，現在要他多變出一隻小熊也不可能。

「那個啊，沒有熊熊也沒關係……」胡里梨忽地垂著臉，雙頰泛紅，手指繞著圈，「也可以給里梨你後面帥哥的照片，雖然堯天最帥，但是他也很好看……里梨我去找珊琳，跟她說可以和你們通話了！」

似乎是太過害羞，胡里梨霍地蹦跳起，像隻小兔子般一溜煙消失在光屏裡，留下一間空曠的房間，還能看見房間地板上好似擱了台遊戲機，另一邊還顯露出螢幕一角，看來那房間是被人拿來當遊戲間使用的。

一刻的心裡有點複雜，他不確定是因爲聽見胡里梨那麼迷戀堯天（左柚），還是因爲看見那露出的螢幕一角，剛好定格在一名頭戴尖頂帽、手持紫色蕾絲洋傘的魔法少女身上。

「不小心把通訊也接到貳間會議室了。」胡十炎若無其事地往空中一抹，貳間會議室的畫面霎時消失，「那裡最近被我拿來打遊戲用了，別在意。我們要看的應該是另一個……」

眾人的視線順勢移到下一面光屏，那畫面怎麼看都不像是在室內，而是在戶外的某一處，可以望見前方有什麼工程在乒乒乓乓地進行。

一刻瞇細了眼，覺得好像看見一抹不久前才見過的灰色人影。

「這個也開錯了。」胡十炎還是像什麼也沒發生般抹去光屏的畫面，最後再彈指，失去畫面的光屏消失，留下的是另外兩面。

其中一面映照出一條長長的通道，底端矗立著一扇金屬大門，上頭掛著「研究中，非請勿入，沒有補完眠的紅綃部長也勿入」的牌子。

「紅綃？」一刻納悶，「誰？」

「小白，那是開發部部長的名字，她是我師父的崇拜者。有機會到公會的話，你也能見到她。」柯維安馬上補充說明，「開發部的人挺厲害的，咩咩君和咩咩子就是他們偶然間做出來的。不過他們喝醉或熬夜的時候，還是別接近比較好。嗯，尤其是別接近紅綃。」

彷彿要印證柯維安的話，下一秒本來還空無一人的走廊，忽地竄入了一抹紅影。

那人紅衣飄飄，身姿令人想到起舞的紅蝶。只是當那身影撲近門板前，那份神祕的魅力頓時被破壞殆盡。

「帝君、帝君！奴家願意讓妳研究呀！」千嬌百媚的嗓音拔得尖高，白若凝脂的手指像要把阻隔在前方的門板給扒下來，「就算要一絲不掛地研究，奴家也可以的！」

「部長，請妳快點去睡吧！」

「紅綃部長，拜託不要再衝出房間了啊！」

轉眼間，又有數人衝進走廊裡，七手八腳地將那抹紅影強硬架開。

「紅綃。」胡十炎在這時候開口了，他清亮的聲音透過光屏傳遞至通道中。

頓時一群人都愣住了，似乎此時才意識到光屏和光屏另一端人群的存在。

「老大？老大你改樣子了！」

「老大！維安！」

「被老大強拐來的新人神使！」

「要做公會一輩子苦力的可憐菜鳥！」

眾人架著紅綃，忙不迭地接近光屏，各種呼喊也從他們口中跑出。

一刻對於最後的兩種稱呼都很有意見，他鐵青了臉，還沒來得及罵出「誰他X的要做一輩子苦力」，蔚商白先說話了。

「沒簽合約就不算是正式員工。身爲法律系學生又是宮一刻的朋友，我認爲我有權幫忙過目所謂的合約。」

要不是胡十炎就在場，柯維安眞想替蔚商白鼓鼓掌。不愧是法律系的高材生，一開口就是氣勢滿點呀！

「呵，合約嗎？公平、公正的合約，我以後就特別給你們擬一份吧。」胡十炎挑挑眉，嘴角勾出笑意。

「什麼？公會眞的有那東西嗎？」柯維安這下眞的是憋不住話，他瞪圓眼睛，「公會有的不都是黑心契……呃，剛說話的那個不是我。」

接收到胡十炎似笑非笑的眼神，柯維安用最快速度閉上嘴，還作勢在嘴巴前拉上拉鍊，以表示待會兒都不會亂插嘴。

一刻的臉色則是從青轉黑。他又不是傻子，怎麼可能沒聽懂柯維安的句子。這未免也太靠杯了，只要他是神使，就擺脫不了被壓榨的命運嗎？以前是織女，現在換成胡十炎……

「公會的薪水是現領的，按時發，從不拖款。」胡十炎的雙臂擱在皮椅兩側的扶手上，那架勢就是一副遊刃有餘的模樣。

光屏裡湊近的那些人都在大力點頭。

一刻的表情瞬間動搖了。

「等一下，小白！不要那麼快就動搖！就算老大決定的事誰也別想改，可是不要太輕易屈服於惡勢力啊！」柯維安急急忙忙地抓住一刻的胳膊。

「起碼在公會做事有錢領，不是白工。」一刻用著沒有起伏的語氣說：「柯維安，你知道嗎？在織女手下做事，那丫頭只會跟你說，她把打怪的薪水好好地存在天界銀行裡了，等神使掛了就可以領到。」

「……那個，小白你辛苦了。」柯維安放開一刻的手，對面前的男孩致上無比的同情，怪不得對方會說常常陷入在掐死與不掐死自己神的兩難之中。

「嗯哼，所以你就是那個半神，宮一刻？行了，別抓著奴家……奴家這時候可清醒地知道自己在問什麼。」光屏裡傳出一道柔得像要滴出蜜的女性嗓音。被多隻手抓住的紅綃推開身邊的壓制，手指撥撩開凌亂又遮面的髮絲，露出一張妖艷的面容。

紅綃抓理了下長髮，眼波如水，唇角淨是嬌媚。

那是一名勾魂攝魄的嫵媚女子，輕易就能撩撥得定力不足的男性臉紅心跳。

一刻稍稍地別開目光，卻是因爲注意到紅綃的衣飾太過暴露的關係。

「哎呀，這樣就不敢直視奴家了嗎？純情得眞可愛哪。」紅綃發現到了，忍不住掩唇吃吃嬌笑，「可惜奴家的心都給帝君了。不過你這『半』也該學學你同伴，一個面不改色，奴家都懷疑他心上是不是刻了『禁欲』兩字；一個……」

「啊，紅綃，妳對我來說過保鮮期太久了，我對小天使的愛是不會變的！」柯維安義正辭嚴地申明。

「一個就是變態。」紅綃柔媚的笑裡好似帶了一絲猙獰。無論是人或妖，凡是女性，很難被人說「過保鮮期太久」還無動於衷的，「小半神，這個混小子就用不著學了，跟他保持距離才是上策。」

「妳離題了，紅綃。」胡十炎屈指敲敲扶手。

「抱歉啊，老大，奴家只是一時忍不住。」紅綃的臉孔忽地貼近光屛，她冶艷的雙眼緊緊盯住一刻，眼珠底處似乎燃起一份奇異的狂熱。

「就是你和那名半妖締結契約的吧？你讓一名妖怪成爲了神使，這本該是不可能的事，可是你做到了，你們都做到了……哪，能不能讓奴家好好地、徹底地研究你們？不管是血肉、骨頭、唾液，奴家都不會錯放的。拜託，拜託你也過來讓奴家盡情地研究——這樣奴家就有藉口和帝君一起關在那小小的研究室，就只有奴家和帝君而已啊！」

「部長，妳完全忘了研究素體的存在了嗎？」

「不對，部長又開始發作了啊！」

「現在立刻馬上，送紅綃部長去睡覺！」

光屏裡又是一陣兵荒馬亂，就見紅綃再度被一窩蜂人抓住，你推我擠地硬是將人帶離開了通道。

一刻除了目瞪口呆，還是只能目瞪口呆。

「宮一刻。」

蔚商白突地拍上一刻的肩膀，也拉回了對方的神智，他鄭重地說：「你去公會的話，務必別落單，要是身邊沒人，打手機給我也行。爲免你被人吞了，這是我由衷的建議。」

「該怎麼說呢，小白，紅綃就是個師父的粉絲而已，對我師父的事……」柯維安搜尋出一個婉轉的形容，「有點熱情。」

「有點你妹，那根本就是瘋狂粉絲了吧……」一刻喃喃地說：「老子只想和正常人說話難道是種奢望嗎？」

「正常人？小白大人，你遇到不正常的人了嗎？」細細的童聲冷不防在社辦裡響起。

一刻一驚，迅速扭頭看向最後一面銀藍光屏，一顆小腦袋正好奇地冒出。大半臉龐被綠色髮絲覆蓋，從間隙裡露出深棕如泥土的眼眸。

赫然是珊琳！

「珊琳好久不見！妳有想我嗎？妳也是越來越可愛呢！」柯維安如同腎上腺素爆發，一晃眼就貼近那面光屏，喜孜孜地朝光屏內的小山精打招呼。

果然給師父燒的香還是夠的！雖說差點被老大玩死——小白是他家天使，而且也不是故意的——但能見到兩名小蘿莉，他今天已經覺得圓滿了！

「維安大人好久不見。啊，商白大人，還有變大的老大也都好久不見。」珊琳有禮貌地彎腰低頭，說話聲音還是細細的。似乎是因爲自身本就不是人類，對於改變外貌的胡十炎倒也沒有生起太大的驚訝，「有想維安大人，可是比較想小白大人。百罌也是，她也比較想……」

「珊琳！」急促的女聲猛地截住珊琳的句子尾巴，一名褐髮貌美的女孩踩著快步自門外走進。她艷麗的臉蛋上有一絲驚慌失措，可是沒一會兒便藏得隱密。

當楊百罌來到珊琳身後，正眼直視光屏的另一端時，已經回復平常的冷淡高傲。

「在外面就能聽見你大呼小叫的聲音，柯維安，也許你應該懂得何謂輕聲細語的美德。」楊百罌的美眸一如以往地嚴厲，唯有在轉望向一刻，裡頭掠過了不易察覺的動搖，「小白，你是他的室友，提醒他想必不會浪費你太大的力氣。」

「比起剛剛那個叫紅綃的，柯維安算很客氣了，雖然還是有點吵。」一刻聳聳肩膀，對於楊百罌冷硬的指責並沒有什麼不悅。

那名女孩不是惡意的，只是個性使然，才總會以這樣的態度待人。

況且，一刻無比深切地認為，楊百罌的態度絕對比曲九江那個腦袋裡連「禮節」都沒有的傢伙，好上太多、太多了。

短暫陷入思緒的一刻沒有留意到，楊百罌在剎那間露出了懊惱表情。

楊百罌握緊手指，巴不得咬掉自己老是壞事的舌頭。為什麼到這時候了，自己就是無法好好地與那名白髮男孩對談？她的本意真的不是這樣的啊……

「百罌，加油。」感受到楊百罌失落的氣息，珊琳握住對方的手，仰頭用口形無聲地替她打氣，接著望向一刻等人，「小白大人，你們也要來公會陪九江大人……啊，不是，百罌說過直接喊曲九江就可以了。」

「陪曲九江？所以是怎麼回事？」一刻只覺一頭霧水，「胡十炎說是張亞紫小姐把你們綁架到公會的……」

「那真是種無聊又惡趣味的說法，胡十炎先生。」一面對一刻以外的人，即使對方是六尾妖狐，楊百罌的傲然也絲毫不減。她直直地瞪視胡十炎，對方異於平時的外貌雖然令她一時錯愕，但眸光很快又轉為嚴厲，「言行符合年紀，我猜這對你來說並不難。」

「但是，那很無聊啊。」胡十炎漫不經心地交握起十指，堆疊成金字塔狀，「而且，有一半確實沒說錯。那小丫妖是被帝君強行綁來公會的，否則他可不會乖乖跟帝君走。」

「那是因爲帝君無預警入侵曲九江的……」楊百罌做了個深呼吸，像是不願針對張亞紫的行爲繼續討論對錯，那位畢竟是位神祇。

楊百罌挺直背脊，冷然地將話再說下去，「你們承諾能調查出曲九江的半妖血統是屬於何族，並且不會帶給他危險，因此爺爺才答應讓帝君帶走他的。而我——是他的姊姊，這就是我自願待在公會的原因。」

「百罌也擔心曲九江。」珊琳說。

「並不是，誰會擔心他。」楊百罌的回答速度顯得太快，就像是想要極力撇清。

一刻登時明白事情大致的來龍去脈。

也就是說，公會想要先弄清楚曲九江的種族，才會讓張亞紫將人帶來。而楊百罌心裡還是擔心自己的孿生弟弟，所以也自願到神使公會。

至於胡十炎，就像是唯恐天下不亂，故意將整件事說成了綁架。

果然是無聊的惡趣味！一刻不禁在心中惱怒地咒罵，可同時也納悶公會這突來的舉動。好端端的……爲什麼忽然要調查曲九江的種族？

要調查的話，不是更早就該……！一刻驀地憶起什麼，眼中閃過訝色。

「難不成是，因爲西山那次……」

「看樣子你想到了，宮一刻，」胡十炎慢慢地說：「那個時候。」

一刻自是明白胡十炎所指的「那個時候」。

是近一個月前，曲九江在岩蘿捷運站外對上被瘴異寄宿的阮鳳娘那時。

不知爲何，曲九江的火焰發生了異變，頭一次凝聚出嚇人的有翼巨獸型態，甚至將阮鳳娘的狐火反壓制回去。

「你和左柚、阮鳳娘是當時唯一見到那場景的人。」胡十炎直起了身子，金眸裡透出深沉的光芒，「那可不是什麼合理的發展。」

「什麼意思？」一刻和楊百罌異口同聲地問。

可隨即，楊百罌就覺臉頰一熱，心跳也快上幾拍。她有些慶幸沒被一刻發現到，要不然她的心跳一定會更控制不住。

「那是什麼意思？爲什麼說曲九江打敗了阮鳳娘不合理？」楊百罌不讓情緒洩露，銳利的美眸像要從胡十炎身上盯出答案，她也聽聞了岩蘿鄉的那次事情經過。

「難道你們眞覺得，一個毛都沒長齊、在我等眼中和幼兒差不多的小半妖，能比拚得過三尾妖狐的狐火是合理的嗎？」胡十炎勾了勾唇角，拉扯出一個不帶笑意的笑容。

「阮鳳娘有三百年的道行，加上她還被瘴異入侵，力量更是加乘。但是，她的狐火卻輸給了曲九江。那時候曲九江動用的是純粹的妖力，不摻雜神使的力量，如果不是他的那一半妖怪血統大有來歷的話，維安就負責把他的毛筆吃下去吧。」

「好……咦咦咦？爲什麼是我!?」柯維安反射性答出一字後，馬上驚悟過來，花容失色地大叫。

「因爲你今天看起來就很衰。」胡十炎斬釘截鐵地說。他盤起雙腳，向前微傾身子，視線鎖定一刻，「宮一刻，你以前也和左柚對上過，你應該清楚百年狐火的威力，那可不是什麼神使能簡單撲滅的小火球。」

一刻皺眉，下意識和身旁的蔚商白對望一眼。他們兩人在高中時期都曾面對過左柚的狐火，那的確一點也不好對付，就算聯合了數名神使之力也一樣。

胡十炎說的並沒有錯。

「小白，你爲什麼要和小可的哥哥對視？看人家深情款款的眼睛不是更好嗎？」柯維安三兩下地巴住一刻手臂，滿臉哀怨地控訴，「嘤嘤，你在潭雅市待太久，果然是有了新人忘了我這個正……」

「正宮你老木。」不用等柯維安說完，一刻就知道那最後一字會是什麼。他不耐煩地將那顆腦袋推開，可似乎是顧及到對方之前仍是不舒服的狀態，力道硬是比起平時小上許多，「楊百罌，曲九江現在情況還好嗎？」

「我不清楚，所以也無法回答你。」楊百罌一板一眼地說，但精緻的秀眉還是微微蹙起，彷彿即便有張亞紫的保證，仍是抹去不了心底深處的擔憂。

不管他們之間處得再怎麼不好，曲九江是她弟弟，這是無庸置疑的事實。

「對帝君和我們開發部的人再多點信心如何，楊百罌？」胡十炎托著臉，散漫地笑了，「不會真把曲九江拆來解剖的，主要還是做血液分析和測試妖力，神經太緊繃只會自尋煩惱。珊琳！」

胡十炎忽然點名了楊家的小山精，後者聚精會神，覺得胡十炎一定有重要事要交付給她。果然，胡十炎說了，「既然來到公會，就好好地和楊百罌去逛逛，里梨也會陪妳們的。」

幾乎那少年的話聲一落，原先空無一物的天花板上無預警堆出一團黑影。

那黑影往下垂墜，最後就像承受不住重量，接連在黑影與天花板之間的細絲斷裂。黑影滾落地面，一個翻身竟變化出一名粉紅長髮、紫色眼眸的小女孩。

「里梨！」珊琳面露掩不住的喜悅。

「里梨我在這唷。」胡里梨做了個敬禮的手勢，接下來猝不及防地靠近楊百罌，拉住她的一隻手臂，「珊琳快拉另一隻手，快點，里梨我帶妳們逛公會！」

「什……等、等等……」楊百罌的兩隻手都被小女孩拉住，難得流露出慌亂，像是不知該如何應對眼下局面。

珊琳不禁咯咯笑起，開心地和胡里梨共同合作，拉著楊百罌就往門口方向移動。

光屏裡的褐髮女孩看起來手足無措，原先的冷硬線條早就消失得不見蹤影。

「放寬心，好好地等候結果出來吧。」胡十炎揮了下手，隨後也關閉這面光屏的影像。

社辦裡登時失去了吵嚷的聲音。

「我不認爲你單純是要我們看這些，才特地叫宮一刻找人手過來。」蔚商白率先打破沉默，冷淡的語調自有一股氣勢。

可是，坐在皮椅上的人是胡十炎。縱然他的外表是在場中最爲稚幼的，他終究是年逾六百的六尾妖狐，對蔚商白散發的壓迫感不爲所動。

「當然不是，那只是要讓你們知道楊百罌和曲九江的情況，公會會和所屬成員分享情報的。」胡十炎還是笑得天眞無邪，以及狡猾，「不過呢，情報也不是白白給人聽的。換句話說……」

「老大，你果然要奴役我們了是不是？」柯維安不抱希望地問。

「說『奴役』就太嚴重了。」胡十炎將背往後靠，他的姿勢閒適，然而唇邊的笑意卻是斂起，瞳孔以肉眼可見的速度縮窄爲針尖狀，「用『差遣』如何？」

「聽好了，我要差遣你們去做兩件事——一件私事、一件公事。」

對於胡十炎找他們到不可思議社辦是有目的的這點，柯維安早就有心理準備。要是沒事，他們神使公會的領導者又怎會要他大費周章地去把一刻找來？

但是，一件私事、一件公事……

「老大，你就直說了吧，不用再彎彎繞繞。反正我們再怎麼繞，也繞不過你這隻六百歲的老……咳，不是。」柯維安迅速挑選了另一個形容字詞，「我是說，英俊又聰明的狐狸！」

「用不著拍我馬屁，維安，因爲我確實聰明又英俊。」胡十炎說，像是沒見到小輩們有如被噎到的古怪表情，「私事是我私人的事，公事是公會相關的事。你們想先聽哪一個？不過我準備先說私事就是了。」

幹，那你還問個屁？一刻只想給那名六尾妖狐一個白眼。

「我要你們幫我找一名女孩子，她最近應該是到繁星市裡了。她藏得很隱密，要是動員公會的人尋找，消息一流出去，恐怕她就會躲得完全不露面了。所以，就交由不可思議社的你們負責找出她吧，目標圖片晚點就會發給你們。另外，我可以先給你們一條有用的線索。」

胡十炎目光驀地意味深長地落至柯維安臉上，看得柯維安不由自主地起雞皮疙瘩。

「老大，拜託你說點話，不說話看著人很可怕的啊。」柯維安搓搓雙臂、抖抖身子，都想躲到一刻和蔚商白兩人身後去了。

「如果是維安的話，遇上目標的可能性說不定挺大的。」胡十炎說：「聽說，那名女孩子特別喜歡娃娃臉、鬈髮、臉上還有雀斑的男孩子。」

「哎哎哎？這具體得簡直像在說我了。」柯維安大吃一驚，手指也忍不住比向自己，隨後他雙眼莫名一亮，一個箭步衝到胡十炎面前，「老大，那名女孩可愛嗎？活潑嗎？要是能在十二歲以下，還綁著雙馬尾就好了，雙馬尾的蘿莉也超萌啊！」

「萌你去死。」有人動作飛快又熟練地抄起書，往那顆鳥巢頭一搧。

一刻冷酷地睨視那張淚汪汪的娃娃臉，鐵了心不為所動，「柯維安，你的腦子除了蘿莉能不能再裝點別的？」

「冤枉啊，小白，還有裝正太跟你呀！」柯維安可憐兮兮地辯駁。

一刻的臉色則是一黑。

這時候，沉穩地將話題拉回來的人依然是蔚商白。

「我也有一個問題想問。」蔚商白平靜開口，「目標，是人嗎？」

這簡潔的一句話，瞬間讓一刻和柯維安的注意全轉至那名高個子青年臉上。

胡十炎宛如讚賞地拍拍手，「眞不錯呢，一問就問到重點。目標是人嗎？那我反問你們，你們是什麼社團？蔚商白，你都被人抓來了，現在當然也算是這社團的成員。說說看，你們是什麼社？」

胡十炎的反問其實就等於是變相的答案。

一刻耙了耙頭髮，吐出一口氣，瞥了眼身旁的蔚商白，「看樣子，你得和我們一起做苦力了，之後請你一頓，算補償吧。」

「反正也不是第一次。」蔚商白不以爲意地說：「吃飯不用。之後空一天下來吧，可可對於電影趴的執著都到了怨念的地步，她想要這次暑假再開一次。不過我不會讓她借恐怖片的，《魔戒》系列和《哈比人》系列如何？」

「我靠，這是眞要人不用睡了嗎？」一刻咂舌，可是眼中也有著笑意。

而另一邊，柯維安的眼中更是也燃起躍躍欲試的光芒——一部分是爲了要神不知、鬼不覺地混入電影趴；另一部分當然是爲了即將接下的任務。

他們是不可思議社，專門面對不可思議的大小事件。

胡十炎要他們尋找的女孩子，絕對不會是普通人類。

「還有一個地方要注意。」胡十炎舉起手，彷若在呼應他的動作，安靜擱在白板溝槽裡的白板筆倏地凌空飛起，筆蓋自動被拔開，裸露的藍色筆尖快速地在白板上勾勒出線條。

不一會兒，一個簡單的人形就出現在上頭。

雖說線條簡單，但還是能看出那是一名長髮女孩子，只不過五官卻是偷懶地只用圓圈和直線代替。

「老大，你好歹畫仔細一點，虧你還是個畫家。」柯維安抗議，「你的粉絲都要哭了啦。」

「我擅長的是ＡＣＧ風格人物，我要是真畫完整出來，現實世界也不可能有人長成那樣。動點腦子，好嗎？」胡十炎的手在空中流暢畫一個圓，白板筆同時繼續舞動著，在人物旁寫下了兩個大字。

——水瀾。

「水瀾？」一刻反射性唸出，他的思緒轉得快，一下就猜測到一個可能性，「她就是你要我們找的人？」

「找到她，設法帶回她，還有盡量別讓你們另一件任務的合作人察覺她的存在。」胡十炎在下一剎那抓握住了手指。

白板筆「咚」地掉回溝槽裡。

白板上的圖案和文字也一併消失，如同不曾存在。

「這就是我對你們的要求。」胡十炎說。

三名神使一時間像是怔住。合作人？誰？

「等一下，老大！爲什麼無端又冒出什麼合作人？」柯維安想也不想地脫口喊道：「另一件任務是你說的公事吧？可是不是說人手不足，才要小白去拉別人……」

柯維安的話不自覺停住，腦海裡的齒輪運轉太快，使他來不及將心裡想的同步說出。

老大說過了，不想動到公會的人，才會要他們用不可思議社的身分出面；還用了「合作人」這個說法，就表示對方不是他們熟悉的同伴、神使或妖怪……而且連白板上的訊息都不願意留著，也就是說不願被他們以外的人見到……

有誰要來這裡嗎？不是神使公會的人，也不是神使，不是老大能命令的妖怪……

一個匪夷所思的念頭浮現在柯維安心裡，他猛地望向胡十炎。

「老大！難不成你找了狩——」

歡快的少女歌聲打斷了柯維安的問句。

胡十炎做了個暫停的手勢，接起自己正響個不停的手機。他對於對方的身分似乎一點也不意外，只是乾脆俐落地回了一聲：「到了就上來，就在事先說好的地點。」然後，便同樣乾脆俐落地掐掉和另一端的通訊。

「你們另一件任務的合作人要來了。」胡十炎起身離開椅子，身上的衣物也在他行走間幻化爲非現代風格的水色衣袍，頓時替他增添一抹飄逸的風采。連帶地，也使得他的外表年齡似乎又拉大了一些。

而就像是算好時間，當胡十炎走至社辦門口，在暑假裡顯得格外安靜的社團大樓三樓，也傳出了「叮」地一聲。

那是電梯到達的聲音。

然後是腳步聲響起，逐漸地往社辦方向靠近，越來越近。

終於，那沒有特意放輕也沒有特意加重的腳步聲的主人出現在門外。

那是一名個子高得過分的年輕人，五官輪廓屬於東方人，可是髮絲和眼珠的顏色都是灰色。尤其眼珠的色素特別淺淡，使得那雙眼睛就像狼一樣。

就算沒有特意盯著誰，也會令人不由得一凜，產生下意識的警戒。

一刻吃驚對方居然比蔚商白還高。

而柯維安則是愣了愣，總覺得好像曾在哪裡見過那雙似狼的眼睛。

灰髮年輕人彷彿感受不到其他人對自己的盯視，他目光掃過社辦眾人，對狐耳、金眼的胡十炎似乎也不覺何處有異，他淺灰的眼就好比平靜的死水，絲毫不起波瀾。

然後，他看見了柯維安。

於是眾人在下一秒聽見了那名年輕人的聲音，他的聲音很低，有種提不起勁的緩慢。

他說：「你可以再長得高一點嗎？我差點就沒發現你的存在了，國中生。」

柯維安目瞪口呆，柯維安倒抽一口氣。

柯維安在發現現場就他一人的身高最矮後，他當機立斷、毫不猶豫地做了一件事——

「我靠！柯維安你沒事抄椅子做什麼？你那小胳膊是想和誰打？」一刻從來沒想過有一天竟然是他架著柯維安，阻止對方明眼一看就是失去理智的行為，平常立場都是顛倒的，「給老子冷靜一點！」

「我很冷靜，真的，否則我就是拿我的小心肝砸他的臉了。」柯維安試圖在一刻的箝制下揮舞雙臂，「小白你想想，要是有人說繃帶小熊長得真是太奇怪又沒品味根本是邪魔歪道，你會怎麼辦？」

一刻只停頓了一、兩秒，「給他死。」

「別鬧，宮一刻。你對繃帶小熊的愛我們都不懷疑，不過現在換你也要冷靜一點。」

一隻修長的手在眨眼間搭上一刻的背，也不知道蔚商白是做了什麼動作，一下就成功地把人和柯維安拉開，順道也將那張險些要掄起飛舞的椅子接過，阻止了一場可能爆發的衝突。

「蔚商白說得沒錯，大人在場，你們幾個毛頭小子就別在我眼皮底下鬧了，都給我乖乖聽話。」胡十炎的一番話說得不是特別用力，然而隨著他瞥向一刻和柯維安，那雙金耀的眼眸似乎瞬間轉闇，頓時一股無形威壓撲向兩人。

一刻立即冷靜下來了，他本來就是因爲柯維安的追問才反射性腦袋發熱，對於突然到訪的灰髮年輕人卻是沒有好惡。

柯維安的心裡，「惡」的成分是佔了大多數。不過他也不是會一直讓怒氣沖昏頭的人，更何況胡十炎都發話警告了。他朝那名在他眼中無疑是巨人族的年輕人嫌惡地咂下舌，接著思緒不自覺暫停了下。

等等，等等等等！這場景、這感覺，爲什麼好像曾在哪裡也有過一次？

柯維安眨眨眼，再眨眨眼，迅速仰頭盯住那名年輕人的眼睛。

淺灰色的瞳孔，像極他在動物頻道上曾見過的雪原之狼的眼睛；還有那個身高，那個活像是鄙視人的態度……

柯維安頓覺腦袋裡像是有燈泡驟然亮起。

「我想起來了！」柯維安吃驚地指著人嚷，「你是那個在花見旅館外的巨人族！」

巨人族？聽到這形容，一刻嘴角抽了抽，克制地壓住了笑意。

對於柯維安而言，這說法不謂不貼切。但要是換成先前樣貌的胡十炎站在那名年輕人面前，大概就不止是巨人族，對方說不定更像是巨神兵了。

該不會？一刻霍然想到什麼，狐疑的目光瞄向如今比柯維安還高的胡十炎。

那人該不會是知道有這局面，所以才改變了身高尺寸？

「把你那沒禮貌的眼神收起來，用指甲都能知道你在想什麼。我可以告訴你，我不是爲了這原因。」胡十炎抱起雙臂，眼角透著青稚，可卻又無比銳利，「維安，你認識這位客人？」

「嗯，不認識啊。」柯維安很誠實地搖搖頭，「就是去岩蘿鄉那一次，要退房離開時，不小心在花見旅館外和這人撞上而已。老大，你認識？」

「就是不認識才問你。」胡十炎這平淡的句子一出，一刻等人登時一愣。

「咦咦？不認識？」柯維安藏不住心底的詫異，急忙追問，「但你剛不是跟這人講手機，要他上來的嗎？」

「這也是我個人想知道的。」胡十炎放下環胸的手臂，眉毛挑高。就算必須仰望人，神情仍是睥睨的，「你的聲音和手機裡的那個可不一樣，你是什麼人？你知道這地方，見著我也沒有太大驚訝，你也是那邊派來的人手？」

「黑家要我來的。」灰髮年輕人的語調還是低緩，和他天生看起來就凌厲的淡色眼瞳呈現奇異的對比，「配合尋找失蹤的妖怪並沒問題，但是，我不喜歡夜晚行動，有指示，就盡量在日落前發給我。只不過，不要奢求我能帶來多大的幫助，我來，只是爲了先聲明這些。」

自稱是黑家成員的年輕人就像是不打算等候任何人的回應，就如他所說，他只是單純地前來表明態度，所以最末一字落下，他也不拖泥帶水地轉身便走，可腳步忽然又一頓。

「忘了說，」年輕人稍稍轉過臉，臉上不見表情，更看不出他的心思，「聯絡方式，你們可以問黑家。」

說完這幾字，那抹頎長身影頭也不回地離開不可思議社的社辦，留下一群來不及有所反應的人。

饒是活了六百年的胡十炎，也像被那名性情古怪的小輩給弄得懵住了。

「黑、黑家？靠，那個黑家嗎？」柯維安的嘴巴這回動得比腦子快，他下意識震驚地嚷嚷，「狩妖士的黑家……眞的假的？狩妖士裡居然還有人的個性簡直和曲九江不相上……！」

柯維安霍地閉上嘴，他想起楊百罌曾告訴過他的事，那是他在岩蘿鄉時，爲了追查某個人身分的眞假，特意追問到的消息。

楊百罌的確說過，有名狩妖士的個性比曲九江還糟，缺乏協調性，而且毫不在意地浪費與生俱來的天分。

這邊柯維安還在愣然中，另一邊的一刻則是沒想那麼多，直接皺起了眉頭，他在意的是那名黑家人透露出的訊息。

——配合尋找失蹤的妖怪。

有妖怪失蹤了？究竟是怎樣的妖怪？居然會讓狩妖士那方也派人過來協助……

一刻對於狩妖士組織了解得並不多，可也從楊百罌那大致聽說過。

狩妖士有三大家，楊家、黑家、符家；楊家沒落，黑家中立，符家霸道。但無論如何，大半狩妖士和妖怪間還是對立的，因此對於妖怪成員多過神使的神使公會，更是抱持著複雜的態度。

至於和神使公會有著良好互動的楊家，或許可以說是狩妖士中的異數了。

「看樣子，公事指的就是妖怪失蹤這事。」蔚商白瞇細銳利的眼。

「嗯……」一刻同意。

彷彿未察身後的注視以及談論，灰髮年輕人走至電梯前，同時也有人搭乘電梯到達三樓。

「叮」地一聲，閉闔的金屬門扇滑開，從裡頭正要走出另一抹人影。

灰髮年輕人看也沒看，反倒是對方望見了他的臉，忍不住僵在原地。

「你!?」那人驚愕地喊，語氣充滿諸多情緒，懷疑、不敢置信，最後轉爲毫不掩飾的輕蔑，「別開玩笑了，難道你也是被指定過來和神使公會合作的人員嗎？適合的另一名人選會是百罌前輩，而不是像你這種只剩家世能唬人的傢伙。沒有力量還是別硬過來湊熱鬧了，曾、經的天才。」

那人的最後幾字格外加重語氣，可絕對不是稱讚，而是赤裸裸地奚落。

在社辦門口處的一刻等人都非普通人，加上三樓走廊又安靜，輕易就能將那番對談收進耳內。

不，那還稱不上是對談，只能說是一個人單方面地說話。

然後灰髮年輕人總算動了動嘴唇，讓雙方之間確實能完成一場對話。

他說：「你是要上樓還是下樓？都不是的話，就不要霸著電梯不出來。我要下樓，你能滾出來了嗎？」

就算看不見電梯裡那人的表情，三名神使加一名六尾妖狐也可以想像得出來，對方的臉色必定是青白交錯、精采萬分。

「宮一刻，雖然你習慣用髒話開頭、髒話結尾，但是你的禮貌確實還不錯，我說眞的。」

蔚商白一臉淡然，狀似感觸良深地說著。

「去你的，老子的禮貌本來就不錯。」一刻不客氣地扔了一記眼刀。

「糟了，小白，我甚至覺得曲九江也挺有禮貌的……起碼他還會開無視這功能，連話都省了……」柯維安喃喃地說，他越來越篤定那名黑家人是誰了。

但是，「曾經的天才」是怎麼回事？

「用不著糾結什麼禮貌問題，反正要是對我不敬，我就踩他們的臉。」胡十炎一抬手，有如示意身後眾人停止談論，「電梯裡的那個才是手機聲音的正主，也是你們的合作人之一。」

是說，那位合作人顯然正被他的同伴氣得夠嗆哪……柯維安注視著走廊前方，並沒有消滅對那名黑家人的反感。但是看到有人也遭到言語暴力，心情上倒是莫名地平衡一些。

遠處的灰髮年輕人似乎已沒耐心等待電梯裡那人的磨蹭，長腿一跨，自顧自地步入電梯。

反而是原來在裡邊的人影，像落荒而逃似地狼狽衝出。

「我不會承認你是我的同伴！我會向家主提出……」那人惱怒的指責猛地嚥下，不單是因爲電梯門已經關上，還因爲他發覺了走廊另一端赫然有四條人影。

其中爲首的是名衣飾與現代人格格不入的藍袍少年，眼眸是異於常人的金澄色澤，尤其頭頂上還有一雙人類絕不可能會有的毛茸獸耳。

那人霎時明白了，他眼底露出不及掩飾的驚疑，旋即迅速整了整神色，大步走了過來。

雖說比不上剛才那名年輕人搶眼，但這名看似與對方差不多年紀的青年也是相貌端整，筆挺的衣著替他增添了彬彬有禮的氣質。若不論先前在電梯裡對灰髮年輕人的惡言以對，整個人看上去給人家教良好的印象。

「您好，想必您就是神使公會的代表，胡十炎先生，是吧？」青年走至胡十炎面前，有禮地伸出手。也許是個人習慣，他的手上還戴著白手套，「我是狩妖士的代表之一，敝姓白，白糸玄，是符家的弟子。胡十炎先生比我想像的還年輕，像您這麼年輕也能出任公會的代表，想必是有著不爲人知的優秀吧？」

「我的確是很優秀，而且是非常地優秀。」胡十炎彎起了天眞的笑弧，伸手與對方交握，但吐出的卻是不符合那份天眞的自負話語，「所以客套話就省起來，直接進入正題吧，白糸玄小弟。對了，用『你』就可以，『您』聽上去讓人有點不太舒服。」

白糸玄明顯一愣，似乎沒想到對方會如此理所當然地接受這份讚美，還把自己視作低階的小輩。他的眉頭忍不住就要一皺，最後卻仍是微微一笑，維持了禮儀。

柯維安簡直不敢相信，他暗中扯扯一刻的手，大眼瞠圓，努力想傳達出自己的眼神含意。

小白、小白，老大居然不要臉地承認自己是年紀輕輕！六百歲了哪裡年輕？

如果和你師父比的話，六百歲也可以說年輕了……一刻用眼神回答，腦海中則是不由自主地想起另一名年紀破千、外表卻是小蘿莉的神祇。

論詐欺，織女估計才是最詐欺的那個吧？

「後面的小鬼安靜，不要再眉來眼去地溝通了，信不信我待會兒戳你們的眼。」胡十炎冷不防地說道。

離他最近的柯維安趕緊伸手摀住雙眼，「登登登」地後退。

宛如知道後頭停止了眼神交流，胡十炎對白絲玄一抬手，「白家小弟，後面三隻是負責和你們狩妖士合作的人。他們都是神使，從左到右，蔚商白、宮一刻、柯維安，其他資料就不必了，你們也不是在搞聯誼。我問你，你們那方派出的就是你和剛那名黑家人？」

「不對，不可能輪得到他。」白絲玄想也不想地強硬反駁，「理應是百罌前輩才對。她既是楊家現任家主，又是我們這一輩中的佼佼者，像她那麼傑出的人物，才能代表狩妖士。」

「問題是，楊百罌不可能來的吧？」一刻倒是第一次聽見那名褐髮女孩被人稱爲「前輩」，感到有些新鮮，「她家裡有事。」

「因爲我們剛和班代通完話，就是楊百罌，我們和她是系上同學。」柯維安一眼就看出白絲玄對一刻言論的懷疑，立即補充，「班代最近都會忙著……」

忙著等待曲九江的種族調查結束。這事，柯維安自是不會說出來，他笑咪咪地輕描淡寫帶過。

「嗯，就是家裡的一些事。所以剛剛離去的那位，我想恐怕就是你的搭檔沒錯了，否則他也不會知道要來這地點。如果我猜得沒錯，那位……是黑家的黑令？」

黑令？黑令！一刻聞言訝然，他不認識黑令這人，然而上一回在岩蘿鄉的時候，左柚就是借用了「黑令」這名字假扮爲狩妖士，沒想到居然眞碰上了本尊。

「你知道黑令那人？」白糸玄也是吃驚。

「不、不，就是聽班代提過而已。」柯維安搖著手，視線不知爲何在白糸玄的手套上逗留了一瞬，但緊接著又若無其事地移開，「我可以問問嗎？『曾經的天才』是指……我記得，照班代說過的，那位黑令該是能力相當高的人？」

「那也只是三年前的事。」白糸玄嘴角扯出笑，笑裡含著蔑視，「百罌前輩忙著家主的職責，大概還不曉得黑令的靈力在三年前就大幅衰減，如今已沒人見過他再參與狩妖的任務。」

「三年前他是天才沒錯，三年後卻只是平庸的人物。小時了了，大未必佳，就是最符合他的寫照。這次竟然是由他作爲另一名代表，眞不知道黑家暗中出了多少力……抱歉，這純粹只是我的猜測，就當我失言了。」

「我不在乎你們那派來的是天才還庸才，我唯一的要求，就是好好地完成我的要求。」胡十炎慢慢說道。他張開掌心，一團金黃火焰霎時出現。火焰的燃燒只是一晃眼的事，當即飄散得一乾二淨，隨即那隻潔白的掌心上只剩一張卡片。

「那該不會就是……」白糸玄像是知道那是什麼，表情變得緊繃。

「符家家主想必有讓你們見過這玩意的照片了。」胡十炎手指尖挾著卡片，可看出它一面是印著墨黑整齊的字體，「別湊過來，維安，我會唸給你們聽——『只是野蠻的妖怪，也有臉自稱神使公會？妖怪就該乖乖地被我們狩獵。』」

明明是清冽的少年嗓音，卻又像把鋒利的刀，切開了走廊間的寂靜。

柯維安一時像反應不過來，待兩、三秒後，才徹底意識到胡十炎唸的正是卡片上的留言。

妖怪就該乖乖地被我們狩獵……狩獵妖怪……

柯維安無可避免地倒抽一口氣，「狩妖士!?」

「不是！」白糸玄霍地提高聲音大吼，神情也出現剎那扭曲，像是無法忍受「狩妖士」這名詞遭到抹黑。「那絕對不會是狩妖士的作爲。就算是我們符家弟子，也不可能做出這樣的事。家主也吩咐過了，別蓄意挑釁神使公會的妖怪，道不同，就不相爲謀。不管如何，都希望貴公會不要對我們狩妖士產生不必要的誤解。否則，說不定就稱了別人的心意。」

「你們家主是個老頑固，有時也令人火大得緊，可也是個聰明人。」胡十炎的指尖倏地又燃起細碎火焰，將卡片吞噬得僅留灰燼，焦黑的紙灰飄落。

胡十炎年少的聲音隔著火焰和紙灰，聽起來像籠上一層朦朧。

「假使讓我們公會的人知道自己的同伴被抓走，對方還留下這卡片的事公開，馬上就會引發兩邊的對立，要爆發衝突也是極簡單的。不論是公會還是狩妖士，三大家的家主或前家主都不會沒腦袋地讓這種事發生。所以我們兩方達成了一個協議，由兩方代表共同合作，查出真相，找回失蹤的妖怪。當然，上面的人不能插手，畢竟各自有各自的立場要站好。」

不單是指尖燃動著金色火焰，胡十炎的衣袍不知不覺中也滾過了同色的烈焰。

那在普通人眼中是如此驚人的場景——黑髮少年簡直就像是要一併化作火焰，消失在這處寬敞的走廊。

「失蹤的是公會的三隻小貓妖，外表就像人類孩童。雄性，三胞胎，身上的衣飾也很好辨認，三人站一起就像紅綠燈的顏色，卡片就是在他們最後出現的那地方留下的。另外，同時留意是不是還有另一隻小白貓的行蹤，牠繫著一條刻有公會徽章的項圈。」

「等等！老大，失蹤的該不會是……」柯維安震驚得聲音都有些發乾。

但是胡十炎並沒有因此就真的停下來等他說完，那道年少清冽的嗓音依舊繼續。然而相反地，他的身形越來越飄渺，像隨時都會消融在金色烈焰中。

「找到他們、帶回他們，調查出到底是誰動手，又是爲何動手？你們幾人就一起分組巡視繁星市吧。」

「慢著，請恕我反對這個辦法！」白糸玄無預警地出聲打斷，有禮的用詞中卻透露出顯而易見的強硬。

胡十炎幾乎半消失的身影停止了淡化，金眸從火焰中望著白糸玄。

「分組行動只會減弱人員的機動性和自由性。」白糸玄挺直背脊，侃侃而談，「爲了能讓事件更快落幕，應該充分發揮現有人力，各自分頭調查，一有收獲再迅速聯繫。況且，眞要分組的話，想必幾位神使會自己一組，讓我狩妖士這方一組吧。」

白糸玄忽地沉了臉色，眼眸閃過銳芒，「我拒絕和黑令那樣令『狩妖士』蒙羞的人同組。事實上，我還要提醒各位，當心黑令。沒人知道一個靈力低下，卻還是緊抓著昔日榮光的傢伙，是不是會趁機在這時做出什麼小動作？」

「畢竟，」白糸玄說：「繁星市也是妖怪們的大本營，不是嗎？」

胡十炎金眸一睐，然後笑了，「隨便你們要怎麼做，我只要看到結果就好。」

隨著金焰倏然襲捲，一口氣呑噬胡十炎的身影，走廊上也留下了最後一句少年話聲。

「找回他們，找回甲乙、丙丁、庚辛。」

甲乙、丙丁、戊己、庚辛。

柯維安是認識這四隻小貓妖的，他們都是屬於公會情報部的一分子，頂頭上司便是張亞紫，因此和他的關係自然也親近。

除了戊己修煉不夠，還沒辦法化成人形，掛的還是實習生身分，甲乙、丙丁、庚辛都已經是正式職員。

三名小男生活潑好動，偶爾犯點迷糊，大部分時候辦起事還是又快又好，但偏偏有一個毛病，是令公會上上下下幾乎無言以對的。

他們是胡十炎忠心耿耿的崇拜者。

崇拜就算了，畢竟胡十炎可是六尾妖狐，公會中妖怪的頂端，實力就擺在那也不怕人看。問題是，他們也相信狐狸是貓科的，還對自己未來能成爲偉大的狐狸這點深信不疑。

怪不得公會裡總有人忍不住感嘆，繁星市的貓根本都被洗腦了啊……

柯維安沒想到失蹤的、或者說被強行帶走的，居然就是甲乙、丙丁、庚辛。

看著筆電上收到的資料，坐在便利商店露天座位的柯維安不禁皺起了眉頭。

在胡十炎扔下話、消失在社團大樓走廊後，白糸玄如同要貫徹自己的發言，留下手機號碼便乾脆地離開，顯然的確要照自己的方式調查。

柯維安他們這方也沒有多猶豫，就由在繁星市生活最久的柯維安迅速圈劃出幾個區域，交給一刻和蔚商白負責。

論默契與合作，柯維安有自信只和一刻認識一年多的自己，是不會就這麼輸給和一刻認識多年的蔚商白。不過有一點他不得不服輸——他的體力實在跟不上一刻。

爲免一刻還得分神關照自己，所以柯維安最後決定讓那不相上下的兩人同組行動。況且，蔚商白還是個理智的頭腦派，那樣的組合絕對是完美的。

這也就是爲什麼，這名娃娃臉男孩現在是獨自一人。

柯維安選了市區一家便利商店作爲休憩點，他窩坐在大遮陽傘的陰影下，手指飛快地在筆電的觸控區滑動，瀏覽著從神使公會那發來的各式情報，接著十指改在鍵盤上快動作地舞動，重新整理出一份濃縮要點的文件。

那樣節奏緊湊的速度，倒是使得路過的行人都忍不住看了一、兩眼。

柯維安心無旁騖，他一邊整理，大腦裡也跟著組織線索。

根據公會發來的資料，甲乙、丙丁、庚辛是在夜間巡視的途中失去行蹤。之後依照著巡視的路線，在某處山路上確認出這是他們最後出現的地方，同時也發現了那張衝著神使公會挑釁的卡片。

柯維安也是公會的資深人員，雖然無法和那些年紀動不動就破百的妖怪相比，但他可以說從小就在公會裡長大，對許多內部事務自然相當清楚。

例如甲乙他們所做的夜間巡邏，其實有個正式名稱，叫作「點燈」──顧名思義就是要點亮暗下的路燈。

柯維安也曾參與點燈組的任務，他不太能理解這事的意義。照胡十炎的說法，就是要維持他的地盤門面，繁星市就該路燈不暗，如同點點繁星。

不過，他倒是由衷地認爲電力公司應該頒面獎牌給他們公會，看看公會爲他們節省多少人力支出與開銷。

而點燈的過程中，巡燈人員要跟著傳回記錄，稟報他們已經巡完哪些路燈。

甲乙、丙丁、庚辛的最後記錄，就是斷在那處山路上，因此公會才能那麼快就找到那邊去，卻沒想到會看見那張卡片的留言。

至於戊己，目前還沒人確定那隻偷溜出公會找哥哥的小貓，是不是也一併被帶走了，或者是單純地在繁星市裡迷了路。

「有點難辦啊……」柯維安抓起桌上的冰咖啡，咬著吸管吸了幾口。

「是不是該做點體力特訓了，不然再沒辦法和我家甜心同組，真的太讓人失落難過哀怨了……可是師父也不是沒特訓過，我這身體根基差就是個改變不了的事實……唔嗯，算了，先別想這，晚點再叫師父想辦法，看神使宿舍能不能讓我和小白同間房。這樣大二的衣服、褲子、內褲，又可以趁機混到小白的洗衣籃裡了，我真是聰明，給我的機智按個讚！」

得意洋洋、思考內容在不知不覺間也偏離正軌的柯維安，當然不可能知道神使宿舍的寢室分配名單早就被胡十炎決定好了。

將剩沒多少的冰咖啡一口氣喝完，柯維安將自己重新整列好的資料傳給蔚商白。

「小白沒有智慧型手機，得用簡訊另外傳給他一份。」柯維安摸出手機，同樣速度飛快地點按，沒一會兒就將訊息發送出去。他再次將注意力投入筆電裡，沒有遺漏另外幾條同樣重要的情報。

繁星市這陣子以來，陸續有妖怪遭到惡作劇。

一開始不外乎是毛被剃掉或被染色，或是有誰的尾巴被打結……這類雞毛蒜皮又可笑的小事。可是漸漸地，有妖怪被攻擊、還受了傷，卻誰也沒瞧清動手的到底是何人。

由於受傷的案例還稱不上多，在繁星市也沒造成軒然大波。不可思議週報則是推斷說因爲夏天到了，使得年輕氣盛的妖怪被曬昏頭，幹下這些無聊的行爲。

但是……眞的是無聊的行爲？眞的是妖怪幹的嗎？

柯維安不怎麼確定，他在想，如果這些事都是同一批人幹的呢？

先是無傷大雅的惡作劇，再來升級成攻擊，最後再變成綁架……有沒有可能會是同一批人做出來的？

柯維安懷疑，但也無法篤定，因爲沒有任何證據。

「要是有妖怪看見對他們攻擊或惡作劇的人，有什麼顯著特徵就好了……」柯維安嘆氣，卻也知道從這方面很難下手。要是眞有什麼特徵，負責報導這新聞的不可思議週報早就挖出來了，他們可是一批有八卦就必有他們身影的小強特派員。

假設是不同人好了，綁架甲乙他們的那些人留下那麼一張挑釁意味濃厚的卡片，還特地強調了妖怪就該乖乖地被狩獵，簡直就像要強調自己是狩妖士……

照一般來說，妖怪也不太可能故意留下這種卡片。妖怪自尊心高，絕不會把自己貶得比人類低階；只是，白糸玄也堅持狩妖士不會做出那樣的事。

柯維安的思緒停頓一會兒，他無意識地摸著嘴唇，心中跳出一個想法——那麼，有沒有可能真的是看神使公會不順眼的少數狩妖士做的？

他們知道甲乙、丙丁、庚辛是隸屬神使公會的妖怪，這樣的資訊，普通人不可能知道的。而在狩妖士當中，也只有三大家和其他相關的人員才會知曉。

一瞬間，柯維安發現嫌疑的圈子可以縮小不少。

「三大家……」這名娃娃臉男孩若有所思地喃喃，同時想起白糸玄臨走前說過的話。

「我還要提醒你們當心黑令。沒人知道一個靈力低下，卻還抓緊昔日榮光不放的傢伙，是不是會趁機在這裡使出什麼小動作。」

「畢竟，繁星市也是妖怪們的大本營，不是嗎？」

白糸玄明顯在暗示什麼，柯維安也不會聽不出來。

手指在鍵盤上輕按幾下，柯維安調出了胡十炎傳送來的另一份資料，是關於白糸玄和黑令，要和對方合作總得要知道大致的底細才行。

白糸玄就和他給人的外表印象一樣，在狩妖士中也是一名優等生。他是符家的大弟子，表現優異，被許多人寄予厚望，在歷年的狩妖士訓練比試裡常常是奪冠的那一位。但是在三年前的那次比試中，竟然輸給了首次參加的黑令，那或許是他人生亮麗成績單中的一次污點。

而黑令，就像是對照組一樣。缺乏協調性、無禮、目中無人，有著優異天分卻毫不在乎地浪費。三年前的訓練比試裡打敗了當時參加的所有同輩，不止白糸玄，甚至包括楊百嚳。但他的驚人表現似乎也到此爲止，接下來就像白糸玄說的，靈力大幅衰滅，不參與狩妖士任務、獨來獨往，直到這次來到了繁星市。

「居然連班代也被打敗，怪不得她會說黑令比她有天分……」柯維安盯著螢幕上的資料，心裡有些吃驚。可是最吃驚的，莫過於看見黑令的年紀，「比我還小一歲？靠，眞的假的啊……長那種身高也太變態。」

柯維安撇撇唇，他明白自己個子矮，但也從未遇過像黑令那樣，不客氣地專挑別人弱點戳刺的人。

曲九江的個性也差，不過更懶，除非有必要，否則他連廢話都懶得說，更何況也還有人制得住他。

「總之，先向公會申請幾隻咩咩君或咩咩子吧，看能不能拿來做餌。」即使只有自己一人，柯維安仍是習慣嘴巴上叨唸出自己做下的結論。

然而就在下一秒，柯維安驀然捕捉到一抹顯眼人影。那鶴立雞群般的身高簡直就是最好辨認的特徵，再加上那頭灰髮，是黑令！

黑令在對面的人行道上，等著另一邊的紅燈轉綠。

他打算去哪裡？

柯維安只思考一瞬便做出決定，他馬上闔起筆電、塞進大包包裡，抓出揉得縐巴巴的帽子戴上，背包一揹，毫不猶豫地追在了黑令身後。

白糸玄都暗示了，他又何必裝得聽不懂？不過，這不表示他就相信白糸玄的話。

柯維安相信的，一向是自己的雙眼。

□

「嗶、嗶！」

短促的兩聲提示音驀地響起，提醒著新簡訊的到來。

一刻從口袋摸出手機，看見柯維安傳了一份精簡的情報給他，關於三隻小貓妖的資料和失蹤地點，另外還有一些近日在繁星市流傳的小道消息。

「針對妖怪的惡作劇？這和那三隻貓妖被抓應該不會有什麼關聯性吧……」一刻不自覺地皺起眉頭，拇指不停地按著手機上的下移鍵，好將訊息一路往下拖滑。他不知道自己的看法，和遠在繁星市另一端的柯維安不謀而合。

一刻現在也是隻身一人，他的確是和蔚商白同組，不過兩人爲了有更高的效率，毫不猶豫地決定再拆開成兩方，一人各負責一個區域。

一刻的範圍是從第二圓環開始算起，再擴展到周遭。

正中午的時刻，路上到處可見眾多人車來來去去，炙熱的陽光曬得人發昏，深黝的柏油路面上隱隱可見熱氣蒸騰，似乎連遠方的景象都要隨著一併扭曲模糊了。

有不少女性撐起遮陽用的傘，各式各樣的顏色、圖案，使得這座城市像突然間盛開了花。

一刻站在騎樓陰影裡，迅速將柯維安傳來的簡訊一口氣閱畢，心裡也有了大致的打算。

在還沒有確切掌握到對手行蹤前，只能先一步步在市內尋找是否有不對勁之處了。

打定主意，一刻不加思索地邁出陰影。他四下環望一圈，卻沒想到眞讓他撞見一個不對勁的景象。

白髮男孩瞇起眼，立刻大步上前。

就在斜對邊的騎樓前，有個小小的麵攤，看起來像老闆的人正抽著菸，有如發呆般望著遠方。興許是天氣悶熱的緣故，麵攤上沒有任何客人。

一刻當然不是臨時起意想吃麵，而是他看見那名麵攤老闆的影子異於常人。他不知道來往的行人有沒有發現——他們可能沒注意，也可能看不見奇怪的地方——但在他眼中看來，對方的影子赫然多垂了條動物才有的胖尾巴！

一刻想起剛在簡訊裡看到的一條消息，向來出沒在一、二環的貍貓妖怪也遭到了惡作劇，在受到五花大綁的情況下，被人發現躺在二環的噴水池中央。

這事還登上了地方新聞的一個小版面，不過對於一般人類來說，就是有隻貍貓出現在二環的噴水池。

一刻對繁星市的妖怪並不太熟悉，可是不代表他判斷不出來，前方抽著菸的中年男人有極大的機率就是那隻貍貓妖怪。

如果問問他，說不定能知道些什麼？

「老闆，不好意思。」一刻的外貌總給人凶惡的感覺——事實上他爆發的時候，那可是比「凶惡」還要嚇人的凶神惡煞等級——但在和人應對上，他也是知道禮貌的。

「啥？要吃麵嗎？」阿義熄了菸，轉過身，下意識以為是有客人上門。然而當他看清那是名白髮男孩，他手裡的菸頓時掉了。

阿義瞪大眼，一副受到偌大驚嚇的表情。

一刻沒想到那名像混過流氓的中年人會露出一副活見鬼的模樣，他愣了愣，心裡困惑，隨即想起柯維安曾向自己抱怨過的，自己一不戴上眼鏡，眼神的凶狠度不知道比平常高上幾個百分點。

雖然柯維安大部分的話都在扯淡，但也是有可以相信的部分。

一刻找出眼鏡戴上，嘗試再問一次，「抱歉，老闆，我有事想問……」

「不知道、不知道！不知道！老子什麼都不知道啊！」阿義卻像是被火燙著一樣，猛然驚慌失措地大叫起來，甚至連攤子也不管了，竟是轉身拔腿就跑。

幹！柯維安說的果然都是屁話！一戴眼鏡對方更像是見鬼了！一刻火大地摘下眼鏡，立即拔腿就追。

阿義簡直想哀號自己的運氣，絕對是八金那隻臭鳥帶衰他的，否則他哪會不止被人綁在二環噴水池，還在今天撞上了一名神使！

沒錯，阿義會跑的原因，不是因爲突然找上門的白髮男孩是有多麼凶氣四溢，而是他認出對方是一名貨眞價實的，神使。

神使，神明的使者。

阿義平常也有在看不可思議週報，報上就曾介紹繁星市裡除了柯維安以外，還有另一名神使。那人一頭搶眼的白髮，凶暴程度史上罕見，就連身爲同伴的柯維安都無法倖免。

對同伴都能不留情的傢伙，對妖怪會多留情面嗎？

不可能！阿義果斷地想，所以他才第一時間就先逃。

只是這名貍貓妖怪還是低估了神使的速度，他跑得飛快，一刻跑得比他更快，而且動手速度快狠準。

一束銀白光芒瞬間刷過阿義眼角處，那凌厲的寒氣幾乎讓他的寒毛都豎起，連帶動作不自覺地一滯。

就在這個剎那，一股力道已悍然來到。

阿義壓根不知道發生什麼事，只覺突然一陣天旋地轉，待反應過來時已經整個人癱倒在地，後背是陣陣疼痛襲來，眼前是金星環繞。

怎麼？現在到底是……阿義好不容易定焦，就瞧見那名白髮男孩居高臨下地俯望著他，散發的壓迫感說有多嚇人就有多嚇人。

在阿義的腦袋上方，還有一根如劍長的白針，不偏不倚地插進電線桿裡，在午後的陽光下折閃出冷冽的光芒。

阿義總算知道剛刷過眼角的光束是什麼了。他嚥嚥口水，戰戰兢兢地再移動眼珠，看向那名白髮男孩。他心裡想，以後誰要是再說他長得嚇人，他就要把抹布甩到對方臉上。

什麼叫嚇人？這個白頭髮的人類小鬼才眞正叫可怕好不好！

「你……你到底想怎樣？我承認紅葉公園池子裡的魚是我偷抓的行了吧！」阿義緊張地大喊。就算神使公會是由六尾妖狐掌管，但不代表他們這類小妖怪會樂意碰上神使。

「……啊？」一刻呆住，彷彿還能看見他滿頭的問號，「三小？」

「不是因爲公會知道我偷抓魚，所以才派你來討債的嗎？」阿義也看出一刻的一頭霧水了，他撐起身子，謹慎地問道：「眞不是來抓老子的？」

「我抓你幹嘛？在二環違規擺攤嗎？」一刻也明白對方這是鬧一個烏龍了，他翻下白眼，插在電線桿上的白針也化作光點，鑽飛回他左手無名指的橘色花紋裡。他不拖泥帶水地直接切入他想問的重點，「你是那隻被綁在二環噴水池的貍貓妖怪吧？我想問你，你有看清惡作劇的人是長怎樣的嗎？」

「沒看到、沒看到啊。」一提起自己前些日子的丟臉遭遇，阿義的臉色不禁難看起來，「根本就還沒反應過來，人就昏了……馬的，要是再讓我碰到那女人……」

「慢著，女人？」一刻沒有忽視關鍵字眼，「你不是沒看到人長怎樣？」

「但我有聽到，讓我再想想……」阿義皺眉，陷入思考中，「我記得我先聽到一個聲音說話，說什麼眞不記得，不過聲音是年輕女孩沒錯，然後……對了，水藍色！」

阿義霍地想到什麼，激動地握拳敲掌，「我記得我還看見一片水藍色，還濕答答的！」

「然後呢？」一刻追問。

「然後？然後就沒了啊，不然你以爲咧？」阿義回了記莫名其妙的眼神，「要是有再知道什麼的話，我早就先把消息爆給八卦報了。」

「操。」沒有如預想中的得到更深入的情報，令一刻忍不住低咒一聲。

女孩子？水藍色？這兩條線索未免也太籠統了……等等！

一個激靈，一刻不禁聯想到另一件事。除了要找回甲乙、丙丁、庚辛，胡十炎還有一項私事要他們處理——找到一名叫作「水瀾」的非人類女孩。

總不會這麼剛好吧？

這廂一刻還在思索，另一廂的阿義冷不防跳起。

「要命！我的攤還扔在二環那邊，萬一被人偷了或被開單還得了……你沒其他要問的吧？沒要問我就先閃了！」阿義也不管一刻是不是還沒回答，飛也似地就往來時方向衝，直接將一刻一人晾在原地。

一刻倒也沒有再喊住那名狸貓妖怪，他確實沒有其他問題要問了。

將新得到的消息和自己的想法傳給柯維安和蔚商白，一刻猶豫了下，最後沒有把這事也告知白糸玄。一來，是胡十炎交代水瀾的部分要盡量保密；二來，是白糸玄那個人——

一刻對他無法產生好感。

黑令的態度已夠讓人皺眉，可是一刻覺得白糸玄給人的感覺更糟。他也說不上來爲什麼，也許就是某種直覺吧。

「算了，繼續辦正事要緊。」一刻將對他人的好惡暫時壓下，準備離開這塊區域。然而就在他準備踏出第一步之際，一個細弱的聲響吸引了他的注意力。

「喵……」

貓叫聲？這裡有貓嗎？由於那細弱的聲音聽起來就像在呼救，對小動物也缺乏抵抗力的一刻，忍不住循著那聲音開始找起。

「喵喵喵……」

宛如是想要引人過來，那細細的貓叫在第一聲後，又持續叫起。

一刻不敢大意，仔細地檢查路邊、樹叢，就怕眞有貓咪受困求助。

突然間，原本還稱得上虛弱的貓叫聲猛地拔尖。

「喵！喵喵喵！喵喵！」

一聲比一聲急促尖利，就像遇上危險，拚了命地瘋狂呼救。

一刻一凜，察覺到拉高的貓叫聲是從斜前方傳來，他馬上三步併作兩步奔上。隨著他一個箭步衝出巷弄轉角，撞入他眼中的是一貓一人。

但卻又不是想像中的虐貓場景。

一刻愣怔了下，在這距離下，他看得更清楚。

一隻體型嬌小的小白貓是被困在牆角沒錯，可蹲在牠面前的女孩子，也不見有什麼出格的舉動，最多就是握著一根逗貓棒在那逗弄地晃。

可是小白貓就像面對什麼可怖的敵人般，背脊弓起，齜牙咧嘴地不停尖聲喵叫，那聲音凶狠尖利，卻又藏不住一絲驚恐。

這是怎麼回事？一刻登時內心茫然了，但小白貓的叫喊著實淒厲，讓他仍是想也不想地厲喝出聲。

「妳在幹什麼！」

蹲在地上的女孩動作一頓，接著像是吃驚般轉頭笑開。

「我？」那張白淨的臉蛋上流露反問的疑惑，鏡片後的眼眸還朝一刻眨了眨。

那原來是名比一刻小上幾歲的少女，乍看下約莫高中生的年紀。五官秀氣，戴著細框眼鏡，大大的眼睛有點像貓兒眼，睫毛眨動間似乎還有轉瞬的狡黠閃過。一頭短髮削得薄薄的，末端卻還留有長長的一小撮，有如垂著條小尾巴。

而女孩的劉海，才是最吸引人目光的地方。上頭挑染著漸層般的橘色系色彩，在日光照射下彷若會閃閃發亮。

就在這時，小白貓似乎是逮到了空隙，迅速就想自牆角處逃脫。

然而出人意料的，少女居然沒有放過這空檔，手臂轉眼間一撈，赫然將小白貓抱摟在臂彎中。她的動作一點也不粗暴，甚至稱得上靈活輕巧。

一刻看得出對方不太可能會是什麼虐貓人士，只是他心中越發茫然。因爲小白貓像是無比驚駭地炸毛了，牠的雙眼流露出想要劇烈掙扎的神色，可是似乎有看不見的力量壓制了牠，使得牠只能不停地喵喵叫。

「你在問我嗎？」少女笑咪咪地看著一刻，她空出一隻手，掌心朝上，「問我問題是要收費的唷。」

「三小啊？」一刻瞪著那個莫名其妙的少女，他現在確定自己沒看錯了，對方是眞的穿著厚外套、內搭毛襪，還有一雙毛茸茸的雪靴。

明明就是大熱天，少女居然穿得像身處冬季一樣，彷彿全然感受不到天氣的炎熱。

她不熱嗎？這是一刻第一個冒出來的念頭，可是他立即就把這念頭抹掉。管對方穿成什麼德性，要先弄清楚的是另一件事。

「那是妳的貓嗎？妳在對牠做什麼？」一刻無視少女索取問話費的要求，態度強硬地質問。

「竟然無視我的話？嘖嘖，不好好聽女孩子說什麼，容易被女孩子討厭的唷。」短髮少女誇張地搖頭嘆氣，但下一剎那又掛起了神祕的微笑，「不過呢，第一次見面總要送點折扣的，所以第一個問題的答案是，這不是我的貓，我只是看牠可愛，想再多逗逗牠。至於第二個，我在對牠做什麼？或許你應該改問——我要對牠做什麼？」

幾乎在吟吟笑語落下的瞬間，少女做出了個讓一刻倒抽口氣的行爲，她無預警地拎高小白貓，接著竟將牠往外拋扔出去！

「我操你媽的！」一刻不敢置信地大吼，身體在第一時間有了動作，他疾奔衝上，雙臂高伸，將下墜的小白貓及時撈住。

「該死的，妳他媽以爲妳在做什麼啊！」臂彎沉甸甸的重量讓一刻鬆口氣，他馬上抬頭破口大罵。

然而只不過短短一會兒，該在前方的短髮少女，赫然出現在遠遠的另一端。

這個速度……她是什麼人？一刻一驚，與此同時，原本像受到無形力量壓制的小白貓霍然大力掙動。牠掙脫一刻的懷抱，一踩上地面，竟是聲嘶力竭地放聲尖喊。

那不再是喵喵喵的聲音，而是——

「別讓她逃！她是壞人，她是壞人！就是她和其他人綁走了哥哥他們啊！」

小女孩的聲音在巷子裡拔得淒厲，如同隨時要嚎啕大哭。

什麼!?一刻大駭。

「你是白頭髮，你有老大的味道，你是小白，柯維安說的小白！」小白貓拚命抓著一刻的褲角，「哥哥……幫我救哥哥他們！求求你！」

「妳就是戊己？」一刻震驚地脫口喊道，也不等戊己回答，更無暇去細想對方為何忽然間能說話，他飛速抄起那抹嬌小白影往肩頭一擱，一個箭步往前疾追。

少女的身影還沒有完全消失在視野內。

能追得到，一定要追到！一刻狠戾了眼，毫不猶豫地自口袋中掏出隨身攜帶的白線，扯下一截，就是朝上拋扔。

白線直沖天際，瞬間自動接連一個圓，再猛地漲大，將一大片區域都籠於底下。

所有景物似乎都產生一瞬的疊影，旋即又消逝。

而這一切，只不過在剎那間，快得讓人察覺不到一絲異樣。

但是短髮少女彷彿發現了什麼，腳步像是遲疑般頓了一下。

一刻沒有錯放這個停頓，他平常對女性都是盡力留情面的，可是一旦面對的是敵人，管他是男是女，「性別」這個詞套在敵人身上，一點意義也沒有——只要打倒就對了！

一刻的左手無名指橘紋閃現。

前爪使勁抓著一刻肩頭不放的戊己張大了眼，雖說牠是神使公會的一分子，但還是第一次在這麼近的距離下，目睹神使展現神力、使出攻擊。

在瞪圓的琥珀色貓眼中，清晰無比地倒映出以下景象——橘色的花紋轉瞬延伸，在空氣中化為實體，有如兩股螺旋交叉。

下一秒，一隻強悍有力的手掌猛然穿入其中。

白髮男孩一晃眼就抽離出一柄如劍長的白針，迅雷不及掩耳地瞄準前方飛速射出。

白針就像一道閃電，安靜又強烈地劃過小巷，直逼站在小巷盡頭的人影。

一刻的距離抓得精準，他這一擊是打算釘穿少女的外套，讓人暫時失去行動力。只是連他也沒想到，就在白針即將無聲無息抵達之際，原本背對著人的少女竟然轉頭了。

短髮少女的瞳孔微縮，卻不是震驚或錯愕。出人意表地，她居然笑了，笑得青春洋溢又狡猾，同時她手臂飛快翻轉，宛如有道流光在她身前橫劃。

「操！」一刻卻是不禁失聲咒罵。

因爲一把精巧的摺扇在少女手中展開，不偏不倚地攔阻了白針的進擊。看起來柔軟的扇面，這時卻像金屬堅硬，不但及時攔下白針，隨著手腕再一轉動，白針立即被搧拍到牆邊。

見狀，一刻沒有因此停步。他的身形依舊像箭矢般與少女縮短距離，他的攻擊的確落空沒錯，但沒錯放過這一擊得到的機會，雙方距離瞬間拉得極近。

「喵！壞人！把哥哥還來！」戊己張牙舞爪地喊，像是巴不得飛撲向少女，狠狠咬住對方不放。

「別亂動！」一刻喝道，嚴厲地震懾住戊己。他的行動同時也沒有停下，心念一動，前一瞬掉落在路上的白針散逸爲光點。

再凝聚時，已在一刻手中。

五指一握緊白針，一刻毫不遲疑地就朝少女手腕揮出。

「哎呀哎呀，想打掉我的武器嗎？聰明的決定，但是呢……」短髮少女簡直像早已預測到這波攻擊，幾乎在白針瞬動之際，那具纖細的身影就先輕快地往後躍退。

「要夠快才可以呀。」一踏上安全地帶，少女便豎起食指，她笑得越發狡猾，那雙大大的貓兒眼內閃動的好似也是同樣的光芒，「我可是體貼的人，就讓我來教教你吧。不過你得付我學費才行，我的學費——可是不便宜的。」

隨著最後一字輕巧又意味深長地落下，短髮少女的另一隻手中不知何時出現了一張黑色面具。

一刻心裡閃過錯愕，除了顏色外，那面具幾乎與神使公會的如出一轍。狐狸造型、勾勒在上頭的怪異花紋，那竟是一張黑底白紋的狐狸面具。

面前的人到底是誰？

「妳是什麼人！」一刻厲聲逼問，絲毫不放鬆戒備。

「在問別人之前，得先報上自己的名字——這種話我當然是不會說的。我個人比較喜歡這樣的台詞，你願意花多少錢買我的名字呢？」短髮少女移動面具，逐漸遮覆住她的臉孔，直到僅剩下一雙眼睛暴露在外。

一刻的回答是扯出凶暴的笑容，「妳猜怎樣？我個人則是更偏好揍到讓人自動吐出話！」

如果柯維安這時在場，他一定會在旁哇哇叫地跳腳：小白，你這樣比反派還像反派了啊！嗚呃呃，可是還是好帥，害我的心臟都要大象亂撞了！

一刻根本不在意柯維安的心裡是小鹿亂撞還是草泥馬亂衝，或者是其他什麼的，更何況柯維安此時並不在現場。

因此在一刻撂下自己的宣告後，他忽地抓起肩上的戊己，往自己的衣襟內一塞。

「待這更安全些，記得不要亂動。」外貌凶狠、性子爆發起來更加凶狠的白髮男孩說，然後他就沒再多說一句了。他的出手讓人猝不及防，沒有任何一句招呼，白針快若蛟龍地鎖定前方咬去。

短髮少女顯然沒想到對方會一聲不吭地展開攻擊，她本來還想在口頭上佔幾句便宜的，因此她一開始的閃躲有些狼狽。可是當她連連閃避了幾次後，似乎已掌握好節奏。

少女戴上黑狐面具，徹底遮住年輕清秀的臉孔，也遮住閃動著狡猾光芒的大大貓兒眼。

接下來發生的，足以讓戊己看得頭暈腦脹、眼花繚亂。貓本來就是以敏捷見長的生物，然而無論是讓牠待在胸前的白髮男孩，抑或是那名黑狐面具少女，兩人的動作皆是快得讓牠跟不上，眼中好像只剩下一片金屬殘影交錯。

戊己看到最後忍不住閉緊眼，否則牠怕自己真的會眼花，爪子抓不住。

一刻自然無暇分心關切戊己的情況，他的注意力全都放在前方的黑狐面具少女身上。白針毫不鬆懈地步步進逼，可是對方的摺扇更加靈活狡詐，有好幾次都藉著展扇的姿態，不客氣地將白針拍得失去準頭。

「嘖嘖，還不夠啊，我看你學費還要多準備一點。」少女調侃的清脆嗓音從黑狐面具後透出，下一瞬間，摺扇「啪」地闔起，隨即不再只守不攻，而是有如利劍般和白針直接硬碰硬。

挑、刺、劈、砍，閉闔的摺扇凌厲纏上白針，隨後又猛地頂撞，抓準對手失衡的空隙，堅硬的扇骨狠狠抽上對方的手腕內側，留下一道鮮明紅痕。

雖說沒有真正見血，但那力道卻震得一刻差點握不住白針，面孔因疼痛而扭曲一瞬。

「喵！」戊己剛好從偷掀開的縫隙裡望見這一幕，焦急地高喊。

「沒事。」一刻吐出一口氣，另一手揉上那顆毛茸茸的小腦袋。他重新又揮甩了下握著白針的手臂，盯緊少女的那雙眼睛裡，戰意不減反升。

短髮少女也瞧見一刻的眼神，不禁有些吃驚，「你不會還想要再來吧？你的速度還是輸……！」

少女瞬間吞下最後一字，白髮男孩壓根不管她在說什麼，提針再度攻擊過來。

少女咂下舌，決定用同樣的招式好好打擊對方。她的摺扇出擊速度飛快，無數扇影連綿一片，像是絢爛的花開綻盛放。

若是旁人來看，估計要被閃花了眼。

然而少女卻是越來越錯愕，她發現她的速度依舊快速，但白針反應的速度變得更快。幾番纏鬥下來，逐漸換她有絲力不從心，心裡被炸出一片不敢置信。

而就在白針闖過她的防守、直逼她身前，措手不及間再翻轉，以針頂重重撞擊上她門戶大開的肚腹時，那份不敢置信炸得她喊出了聲音。

「靠！」少女只來得及喊出這包含各種情緒的一聲，因為就在針頂撞上她之際，一刻抓準她身子反射性往前傾的剎那，前額猛力往她額頭砸下。

黑狐面具破碎一大塊，滑落下去，露出少女紅腫的額頭，還有那雙震驚瞠大的眸子。

少女沒想到，那名白髮男孩眞的會用這種街頭鬥毆的方式對付女孩子。

「喵！帥死了！跟老大一樣帥！」從戊己的角度沒辦法看清全程，不過牠依然看見了那關鍵一擊，雙眼像被點亮無數燈泡，閃閃發光得驚人。

任何人一看，就會知道那正是名為「崇拜」的光芒。

短髮少女只覺腦袋痛得像要炸裂開，她從來就不曾受過這種對待。但她還是咬緊牙根，手臂迅速一抬，摺扇乍看下竟像要攻擊一刻胸前的小白貓。

一刻大驚，急忙向後避退，卻沒料到短髮少女原來是虛晃一招。

一逮到一刻主動後退，少女馬上抽身拉開距離，足足退了數公尺才搖搖晃晃地停住。

「我眞不敢相信，有人會用頭鎚對付女孩子嗎？」短髮少女按著前額，覺得那一撞讓她的視線有些對不了焦。而且不止她的額頭，她的肚腹也傳來難以忽視的疼痛。她張口還想再說幾句，但瞳孔不知為何倏然凝縮，臉上也閃過一瞬驚異。

她頓了下，然後拉出一抹感嘆的笑容，慢吞吞地說：「再補充一句……同樣不敢相信，有人會用刀劍架在女孩子的脖子前嗎？」

短髮少女還是維持原本的站姿，只不過在她該是空無一物的頸項前，赫然悄無聲息地交叉著兩柄利劍。銀白的劍刃上攀附著宛如植物枝蔓的深綠花紋，劍鋒穩穩抵在少女白皙的皮膚上，只要稍有妄動，就會立時見血。

「我不認爲，對於攻擊我朋友的人，不能夠以刀刃相對。應該說，誰動我朋友，我自然就不會客氣。」從少女身後傳出一道冷靜淡然的嗓音。

即使無法扭頭看向後方，少女還是從罩於她頭頂上的陰影和剛那聲音，判斷出說話的人是名高個子的青年。

事實上，她的判斷也沒有錯。

手持雙劍，在她不察間迅雷不及掩耳地將劍架在她脖子前的，便是一名高挑英挺的年輕人。俊秀的五官自有一種剛硬，散發出不怒而威的氣質。鏡片後的雙眼冷然，就算把劍架在比自己歲數小的女孩子身上，也沒有絲毫動搖。

「喵，是帥哥耶……而且是胡里梨會喜歡的類型。」戊己小小聲地說。

一刻連翻白眼都不想翻了，公會的人和貓都能再正經一點嗎？——好吧，想必不行，因爲他們有一個連自己是貓科還犬科都搞不清楚的狐狸老大。

鬆開緊握到有些發痛的手指，任由白針再度消散成光點，一刻直視短髮少女的身後，毫不意外地朝來人輕點一下頭。

「蔚商白。」

「看樣子，你沒有把自己弄傷。」蔚商白淡淡地說，目光瞥向一刻胸前的小白貓。他沒有忽視對方口吐人言，也沒有遺漏句子當中提及的名字。牠提到了胡里梨，那麼恐怕那隻貓也是神使公會的一分子。

蔚商白是個聰明人，轉眼間就將眼下的線索組合起來，一個答案頓時也呼之欲出。

「牠是戊己？」蔚商白用的雖然是疑問句，但語氣卻是肯定的。

「啊，剛遇上的。」一刻簡單帶過一人一貓相遇的緣由，現下還有更重要的事要解決。

至於那個「更重要的事」，則像是耐不住被人忽略，主動和兩名神使搭起了話。

「哈囉，可以稍微注意我一下嗎？」短髮少女眨眨眼，縱使森寒金屬緊貼她的皮膚，可是她的動搖好像只有最初一剎那，此刻的她無疑可說鎮靜得不可思議。「那麼粗魯對待女孩子是要罰錢的，算上之前的，白毛你和我後面的這位大哥，你們起碼要給我一張小藍才行哪。」

「妳是什麼人？」蔚商白無動於衷地忽視那些不重要的句子，他向來不會被他人的言語左右，更不用說對方還是敵人，「還有其他同夥嗎？」

「喵，有、有！他們有好幾個人，就是他們綁走了哥哥！」戊己激動地掙脫出一刻的衣服，跳下地面、弓著背脊，激動地朝少女喵喵嚷，「還給我，把哥哥還給我喵！」

「冷靜一些。」爲免戊己先失去理智地衝上前，一刻果斷地將對方一把撈抱起，限制住牠的行動。

「沒錯，冷靜些。」短髮少女贊同地點點頭，接著忽地露齒一笑，「還有放輕鬆，我們之後還會再見面的，所以就不用急著在這時分出勝負。你們兩個都挺不錯的，當作稱讚，我告訴你們一個祕密好了。」

一刻和蔚商白心神頓凜，卻沒想到少女慢悠悠地拋出一句。

「其實呢，我會看點面相，占卜之類的小把戲也略懂。」

「什麼鬼？」一刻張口結舌，全然不能理解少女的意思。他下意識看向蔚商白，後者蹙起了眉，對他搖搖頭，表示自己也看不出那名女孩子在故弄什麼玄虛。

「哪，白毛的，你看起來有水難之相，多當心一點比較好。還有你的另一位同伴，」短髮少女拉出一抹莫測高深的笑容，「噢，不是這裡的這位，他則要小心女難唷。」

不是這裡的這位？不是蔚商白？所以是誰……柯維安！

電光石火間，一刻腦海裡躍出了那名總是笑得無辜的娃娃臉男孩。他心下大震，然而不待他進一步逼問，短髮少女猝然身子往後仰，同時還被她抓握在手中的摺扇順勢插入了她與雙劍之間的空隙。

摺扇剎那揮展，撞開了交叉的劍刃，少女則如靈蛇一扭，以快得超乎想像的速度脫出蔚商白的壓制。

「臨別禮物，會爆炸的喔！」少女朝地面扔下一顆球形物體，大股白煙立刻噴冒湧出，不但模糊了視線，也模糊了她的形影。

一刻與蔚商白在聽見「會爆炸」時幾乎反射性地飛退開來，可是直到經過了數分鐘，小巷裡都不見有其他動靜，唯有白煙從濃轉淡、再更淡。

屬於短髮少女的那抹身影不知何時消失了蹤影，路面上只留下顆冒出稀疏白煙的小圓球。

「幹，被耍了！」一見到短髮少女不見行蹤，一刻登時反應過來，他惱火地彈下舌，握拳捶擊了下壁面。

「知道對方的來歷嗎？」蔚商白眼中也掠過瞬間惱怒，不過他迅速穩定情緒、收起雙劍，朝一刻的方向走近。

「馬的，就是連個屁都沒問出來才覺得火大……」一刻彎腰撿起遺落在巷裡的黑狐面具，

「蔚商白，你不覺得這玩意長得和公會用的很像嗎？」

「覺得。」蔚商白說。他自己就曾戴過神使公會的白狐面具，因此更加清楚兩者有多相似，「除了顏色，造型幾乎一樣。」

「這是那女的留下的，她那種戰鬥方式……不像普通人。」一刻狠狠擰起眉，「而且她剛還說了什麼水難、女難的……靠，不會是跟胡十炎說的那事有關吧？」

一刻驟然回想到什麼，臉色不由得大變。

胡十炎曾說過，柯維安是最有可能遇上他們目標對象的人，因爲對方特別喜歡鬈髮、娃娃臉、臉上有雀斑的人，那條件簡直具體得像在專指柯維安。

女難、女難……水瀾!?

這猜測在一刻心頭一閃而過，他馬上找出手機，想要確定柯維安目前的位置。不管那名少女是不是故弄玄虛，確認一下總能讓人安心。

只是就像和一刻作對似地，打出去的電話遲遲沒有人接起。

「聯絡不上？」蔚商白一見一刻的神色就明白了。

「沒人接。」一刻表情陰沉地說：「戊己，我們先去找柯維安那小子。」

「喵，之後再幫我找哥哥。」戊己祈求地望著一刻。

「當然。」一刻看似粗暴，實則輕柔地再揉揉戊己的腦袋，接著他和蔚商白對視一眼，後者頷首。

沒有遲疑，兩人一貓即刻往柯維安可能會在的區域直奔而去。

第六章

柯維安正在跟蹤，爲了不驚動跟蹤目標，他事先把手機調爲無聲，扔在背後的大包包裡。

——他不知道手機曾震動了好一會兒，然後回復靜止，僅留下螢幕上顯示的人名，小白。

「那傢伙到底要去哪裡啊……」柯維安摘下帽子搧了搧，再戴回頭頂上，半張臉繼續藏回那由帽子製造出的陰影中，他的雙眼沒有鬆懈地偷瞄著目標所在之處。

對方那鶴立雞群的身高實在太過顯眼，不會輕易看丟。

柯維安正在跟蹤另一名灰髮年輕人，黑令。

不過事實上，他也不確定自己有沒有跟蹤成功。畢竟所謂的「跟蹤」，就是要不被對方發現吧？

而那名有著狼一般眼睛的青年，眞的完全沒有發現到不對勁嗎？還是裝作不知道而已？

這點，柯維安實在沒辦法確認。但眼看那名灰髮年輕人都不曾回過頭一次，他就先假設是前者吧。

忽然，身邊的行人開始走動，原來是紅燈轉成綠燈了。

柯維安按著帽子，趕緊也混在人群中一塊移動，繼續跟在黑令後方。

大熱天，熾烈的陽光曬得一切都像反著光，空氣悶得讓人感覺到皮膚就像被罩覆一層甩不掉的熱度。

可是，個子挺拔的黑令卻像毫無所覺，看上去依舊清爽得令柯維安忍不住生起一股羨慕嫉妒恨了。

「眞不公平啊，這就是帥哥得天獨厚之處嗎……不論在哪裡還是能保持帥哥樣。」柯維安放下望遠鏡——他的大包包裡總會有著讓人意想不到的工具——方才烙入眼中的景象讓他都想咬手巾了。

注意到周圍路人對他的舉止投予狐疑的目光，知道望遠鏡還是太引人注目，柯維安趕緊收起來，從包包裡摸出一張報紙。

這樣就算站在路邊，也能正大光明地用報紙來遮擋自己的身形了。

黑令過了馬路，順著人行道一路往前走，再拐進分岔的街道裡。

柯維安保持距離地跟了上去。他不太確定自己跟了這人多久，可能快半小時了，幸好純粹步行不會太耗費體力，就是被曬得有些頭暈，帽子終究沒辦法蓋住大範圍的面積。

要不是怕太顯目，柯維安還眞想也撐著一把傘遮著。

「熱啊……」柯維安有氣無力地吐出一口氣，改用摺起的報紙搧搧，有時候也不禁懊惱起自己的好奇心怎麼就是這麼重。明明知道跟蹤一個陌生、實力還未知的人會是件苦差事，他還是義無反顧地做了。

這大概就是「明知山有虎，偏向虎山行」吧？

要是一刻在場，他可能會面無表情地說：你這叫有坑還去跳，呆子。

但是不把事情好好弄個明白，柯維安覺得自己一定會夜不能眠的。他努力藏好身影，盡量利用陰影和牆角遮蔽。他注意到黑令走的大多都是一些平時人車不多的道路，有些巷弄還特別冷清，即便是午後時分仍出奇靜悄悄的，偶爾才有車輛經過。

他為什麼專挑這種地方走？柯維安心裡越來越困惑，然後一個匪夷所思的念頭躍出。該不會……黑令真的是在巡視繁星市，看有沒有哪裡不對勁？

「這還真看不出來耶……」柯維安詫異地喃喃自語。他正好尾隨那人到另一條巷弄，等對方繞過轉角，他耐心等候一會兒，隨即貼著牆偷偷摸摸地行動。

柯維安抓著報紙，小心翼翼地探出頭，擋在臉前的報紙也跟著拉下一截，讓自己的鼻子、眼睛都露在外面。

柯維安看見那抹瘦高的人影居然停止步伐。

黑令還是背對著柯維安的方向，他仰起頭，彷彿在看什麼。

他在看什麼？柯維安納悶地也順著那處望去，只看到一戶住宅的屋簷上，正趴著一隻胖嘟嘟的大貓。

柯維安的第一個念頭是——哇！那麼胖的貓居然可以安然無事地睡在屋頂上？

至於第二個念頭則是——

「那傢伙難不成喜歡貓？」柯維安收起報紙，若有所思地摸摸下巴，「看起來孤傲一匹狼的人其實喜歡貓，這樣子是挺有反差萌的……可是對方是個男的，萌不起來啊，換成女孩子該有多好？」

「話不是這麼說。」一道聲音突然深沉地說：「就算換成女孩子，你又怎麼知道對方盯著貓看是因爲喜歡，而不是在心裡把牠想成一塊大肉排？像本大爺盯著魚看的時候，就是想著魚排，卻老是被誤會成在欣賞牠們的泳姿。所以你還太嫩，要透過現象看穿本質啊，少年。」

這番話聽起來太有哲理，問題是……柯維安很確定，前一刻自己的身旁根本沒有人！他猛然扭過頭，眼裡撞入一抹黑漆漆的影子，那影子還踩在他的肩膀上。

「靠！八金？」柯維安瞪大眼，失聲驚呼，手裡捲成一束的報紙筒也在剎那間反射性地揮出去。

八金閃躲不及，從柯維安的肩膀直挺挺摔了下去。

柯維安壓根不在意對方會不會撞壞腦袋——反正八金的腦袋本來就時好時壞了——他飛快縮回身子，手摀著嘴巴，背緊緊貼著牆角，他剛那聲喊得有點大，就怕黑令聽見了。

柯維安屏著呼吸，仔細聆聽另一側的聲響，目前還是沒有動靜。

「看貓的那個人還是在看貓，如果你躲的是那個人的話。」摔得七葷八素的八金晃晃腦袋、抖抖翅膀，歪歪斜斜地重新飛回柯維安肩膀上。牠的頭頂不知從哪裡變出一頂格紋軟呢帽戴著，看起來和柯維安同款的打扮。

「你沒事戴帽子做什麼？這樣也不能掩飾你腦袋缺了東西，例如智商啊智商啊智商啊的事實。」柯維安眞誠地說。

「呸呸，這樣戴才有大偵探的風範。而且同樣的話說一次就夠了，你說三次是什麼意思？」八金氣惱地想用尖喙啄那顆腦袋，但思及自己的手段遠遠比不上那名娃娃臉男孩，只好作罷。

「因爲重要的事得說三次。好了，閉嘴、噤聲，保持安靜。」柯維安一臉嚴肅，動作飛速地捏按住八金的嘴，再次小心翼翼地探出頭。

果然就如八金所說，黑令還是仰著頭，像在注視什麼。

可是，屋頂上的那隻大貓不知何時不在了。

既然如此，黑令究竟是在看什麼？柯維安的視線立刻四處搜尋，然後他心裡一個震晃。

黑令站的位置，安置了一面道路反射鏡，專門用來注意往來車輛。

柯維安挫敗地摘下帽子，他居然粗心大意到沒去留心那面反射鏡的存在，他所在位置的動靜都反映在那上頭了。

換句話說，黑令不是在看貓，而是在看自己。

「真的是……靠啊。」知道自己行蹤早已暴露的柯維安咂了下舌，他乾脆地放棄再掩飾的心思，正想一派坦然地走出去，沒想到這時黑令忽地轉過身來，還往柯維安的方向走了幾步，再停下。

「我承認你長得矮。」黑令的嗓音還是低低、緩慢的，像提不起勁，「但是一路鬼腳地跟著，要想不被人發現，恐怕也不是容易辦到的事。」

柯維安一把捏住帽子。又說他矮？這他媽的不能忍！

「既然早就發現了，那幹嘛不早點說出來？跟蹤也是很累人的，我可不是體力派的啊。」

柯維安從牆角後走出來，態度坦蕩得像跟蹤的人不是自己。他臉上笑咪咪的，可是停棲在他肩上的八金看得清楚，那笑裡分明透著殺氣。

八金認識柯維安也好些年了，那名娃娃臉男孩看起來很樂天，總是笑臉迎人，但心裡其實無時無刻都在打著小算盤。這樣常把狡猾藏在笑容底下的人，是鮮少眞正動怒的，尤其還皮笑肉不笑地釋放殺氣。

八金記得牠看過這笑都已經是幾年前的事了，那還是因爲柯維安爲了自己的珍藏品被牠的主人弄壞，才氣不過地和牠主人槓上。

結果是怎樣，八金倒有些忘了——不過被牽連進來的人，則是過了一段水深火熱的日子。

總之，眼前這人能惹火柯維安也眞是挺了不起的啊。八金在心裡做了個結論，強制性地終止回憶，一雙黑溜的眼盯著黑令打量。

黑令也注意到了柯維安肩上的黑色生物，淺灰的眼掃過。

「好胖的……鳥？」那低緩又缺乏幹勁的語氣，竟帶了一絲不確定。

柯維安一愣，差點憋不住笑。

八金則是勃然大怒。

「誰胖了？誰胖了？本大爺這叫體態豐腴啊混蛋！」八金氣急敗壞地喊，「你那問題是什麼意思？不管左看右看上看下看，我就是一隻鳥，一隻完美的烏鴉！」

「像豬。」黑令沒有因爲八金會說話就露出驚訝，他還是平淡如死水地表達自己的意見。

八金氣得怒火攻心，牠想要再喋喋不休地噴吐出咒罵，可是過度的憤怒使得嗓子像是被絞緊了，牠張嘴張了半天，卻「啊」不出一個字。

柯維安對於不是只有自己遭到語言暴力表示很安慰，不過這不代表他就會忘了新仇舊恨。他知道自己長得不高，可是一而再、再而三地被人揪著這點針對，是人都有火了。尤其是面前的這人，就像渾然不覺自己的態度無禮，缺乏抑揚頓挫地再次開口：

「你們跟蹤我，所以是有事？胖鳥、國中生？」

國……這就跟直接叫他矮子一樣讓人火大！柯維安自認堅韌的理智線「啪」地斷裂了一根，在他的腦海裡留下清脆的聲響。

「黑令先生，不對，黑令弟、弟。」柯維安走上前，和黑令之間的距離登時縮短。他仰高頭，格外在其中兩字上加重語氣，「我想你應該先弄清楚一件事，我比你大一歲，我可是個大學生了。」

「看不出來。」黑令言簡意賅地說。

柯維安覺得自己又聽見另一根理智線斷裂的聲音。

「那麼，你最好從現在開始就該看得出來。」柯維安還是微笑，一如往常地無辜無害，然而他的額前已閃現出肖似第三隻眼睛的金色花紋。

與此同時，一束光點飛也似地自背包內流竄出來，在柯維安手中化作巨大毛筆。染著金艷墨彩的筆尖無比鋒利，分毫不差地正對著黑令的下頷，彷彿隨時可以往上刺穿出一個窟窿。

「聽清楚了，我矮干你屁事啊！」柯維安毫不掩飾眼裡露骨的嫌惡，「一直戳別人短處很有趣嗎？巨人族很了不起嗎？」

「這是，戳人短處？但你比我矮許多是事實，那隻鳥胖也是事實。」黑令的語氣與其說像在嘲諷，聽在柯維安耳中，更像是反向質問，「你知道我的名字，但也喊我巨人族。」

柯維安有些愣住了，眼裡的嫌惡也消退不少。黑令的話簡直就像是在反問，他說出確實存在的事實，有什麼不對嗎？

「喂，柯維安，那個高個子是在說人話嗎？」八金湊近咬著耳朵。

「閉嘴。」柯維安的回答除了兩個字以外，還有一把抓住八金的嘴巴，看也不看地把牠往旁扔。

無視八金淒慘地哀叫，柯維安的眉頭難得地皺得死緊。他吐出一口氣，放鬆了緊繃的肩膀，隨後毛筆轉向，筆尖不再危險地直抵住黑令的下頷，而是拄在地上。

「好吧，巨人族跟矮子就抵銷了。我喊你黑令，你喊我柯維安。」柯維安嚴肅地說：「我們回歸正題，你是打算做什麼嗎？我先回答，我跟蹤你，就是想要弄明白你打算做什麼。」

「至於本大爺對你方才打算做什麼，一點興趣也沒有，我就只是看見柯維安偷偷摸摸的，才大發慈悲地飛了下來，嘎！」八金鍥而不捨地飛回柯維安的肩頭。牠當然不是為了特地說明給黑令聽才飛回來，牠是為了——「吃我的攻擊吧！混帳髮毛戀童癖！」

八金猛地啄上柯維安剛好舉起的手，立刻在對方手背上啄出一道見血的傷口。

柯維安舉起的手頓了下，接著迅雷不及掩耳地抓住八金的腳倒扯下來，將牠頭下腳上地拎起。

「我對我的小天使沒有半點邪念，所以不要用戀童癖來稱呼我。」柯維安露出符合今日陽光的開朗笑容，「還有，我會大發慈悲地把你染成粉紅色與白色，那可是愛與夢想與純潔的顏色，懂嗎？你再囉嗦一句，我就把你送給紅綃解剖。」

八金很識相地裝死了，牠一動也不動，像隻垂死的鳥。

「喔，我們剛的正題是什麼來著？」柯維安笑咪咪地再轉向黑令，但是黑令的視線不是直視柯維安。他那雙像狼的眼睛越過了對方，有如在凝視什麼。

柯維安敏銳地也想扭頭看，卻忽地聽見黑令說：

「來了。」

來了？什麼東西來了？這心思只在柯維安心裡轉瞬即逝，他沒有問出口，因為他下一秒就確切地感到寒毛豎起。

有東西來了，有東西靠近了，有妖氣！

「你……」

氣若游絲的呢喃同時貼近柯維安後頸。

柯維安大駭，可已來不及回頭。有雙蒼白纖弱的手迅雷不及掩耳地自他後方探出，撫上他的臉，猛地將他向後拽拉。

「嘎咿！」八金發出淒厲尖叫，牠看見一名僅有半身的怪異少女，平空出現柯維安身後。

少女的表情空洞麻木，水藍色的濕漉長髮、藍綠色的雙眼、淡紫色的嘴唇，還有似水波漣漪的衣服下襬，牠看見少女的身周全化成了幽藍的水。

那是一瞬間發生的事。

在八金看見那些景象的同時，柯維安的上半身也已被少女的蒼白雙手硬拉往水中；而那片幽深的水還在擴大，從兩側往前迅速包圍。

「快……逃！」柯維安的臉被冰冷手指扳住，他從唇間擠出大喊，鬆開了對八金的束縛，雙臂伸長，奮力朝黑令的方向一推。

那真的只是瞬間發生的事。

不管是八金拍翅飛衝、柯維安推開黑令，或幽藍近黑的水爭先恐後地將一切包覆吞噬——這些，眞的只是在一瞬間發生，然後結束。

柯維安一回復意識，睜眼見到的就是黑色。

也可以說，他根本什麼也看不見，視野所及皆黑得不見五指。

這是哪裡？感覺就像異空間，或是別人的結界裡之類的。

柯維安揉揉額角，不確定自己有沒有眞的昏過去過。他維持著仰躺的姿勢，決定暫時不採取行動，先把能掌握的資訊整理好再說。

他身下躺的是硬邦邦的物質，估計可視作地面，四周也沒有充斥冰涼的液體感，呼吸也很順暢。也就是說，雖然他被拖入水中，可是眼下這地方，無論如何都不像是在水裡。

柯維安舉起手揮了下，沒有立刻碰觸到阻礙，表示不是一個狹小得只能容納一人的空間。也沒有聽到八金大呼小叫的嚷聲，牠應該成功地飛走了吧。

柯維安閉上眼，腦中快速運轉。他被一雙蒼白又冰冷的手給拖進這空間裡，雖說沒有見到對方的樣貌，但從聲音還有手的形狀判斷出應該是女性，而且應該是外貌年輕的女性。

只是，就不清楚那名疑似是女孩子的非人者究竟抓自己要幹嘛？對方行動給人的感覺，就像是針對自己而來……

等等、等一下！針對自己而來？柯維安似乎猛然想到什麼，一個激靈，反射性彈身坐起。

柯維安想到的，是稍早前胡十炎曾說過的話。

「聽說，那名女孩特別喜歡娃娃臉、鬈髮、臉上還有雀斑的男孩子。」

他那個時候又是怎麼回答老大的？

「哎哎哎？這具體得簡直像在說我了。」

不會吧？不會眞的這麼剛好吧？可是如同衝著自己而來，還有那冰冷的溫度，以及不須回頭就能感受到的濃濃水氣……

柯維安嚥嚥口水，都想佩服起自己的運氣了。

難道說，眞的就是那個他們要找的女孩子——水瀾？

「若是的話，我這運氣也實在是……估計給師父燒的香太多了，於是本日人品大爆發。」

柯維安搖頭晃腦，決定把這心血來潮的行爲繼續下去，每日爲張亞紫的照片上個三炷香。

大略理出一些思緒後，柯維安抓過被自己解下的大包包，先從裡面翻找出手機。但是手機螢幕卻是一片黑，就算按了按鍵仍毫無反應，彷彿徹底失去電力。

「不是吧？我昨天才充完電的啊……哈囉？哈囉？」柯維安戳按著螢幕，但手機仍然維持黑屏。他傷腦筋地嘆氣，心裡其實已猜測出手機可能是受到這處空間的影響，才會呈現這狀態，「眞是的，看樣子還是只能由我家小心肝出馬了……」

柯維安不再盤腿而坐，他抱著筆電站起，一邊肩膀掛著包包。四周還是絲毫沒有變化的黑暗，即使柯維安的雙眼已經適應，可依舊看不見東西。

他打開筆電，果然如他所料，螢幕的冷光頓時流洩出來，替這方黝黑天地增添一絲光明。

柯維安捧起筆電，將之當成照明燈般往周圍照耀，然後他看見了一道模糊人影。

這地方還有自己以外的人？那對方怎麼吭都不吭一聲？這念頭才閃過，柯維安同時也往前邁出步伐，好使得筆電的光照得更遠。

隨著他看清前方坐在地面的人影，不禁震驚地大叫，「媽啊！爲什麼是黑令你啊？你在這裡不會吱一聲嗎？不對，你怎麼也會在這裡？」

柯維安瞪著大半身形還埋於黑暗中的灰髮年輕人，腦內有些混亂。他記得自己明明將黑令往外推了，照理說對方不應該跟著一塊被捲入。

仍坐在地上的黑令抬起頭，陰影下，他的淺灰眼眸看起來更加嚴峻凌厲。

柯維安想，眞的就像是有隻狼突然抬頭盯視自己，那目光彷彿能刺入體內。

只是下一秒，那份令人緊繃的危險感就被破壞殆盡。

黑令說話了，他說：「吱。」

「啥啥？」柯維安目瞪口呆，險些手滑摔掉筆電，「你連人話都沒法說了嗎？不會是這地方害的吧？但我就說得挺流暢的呀。」

「不止流暢，還很吵。」黑令平淡說，證明了他的說話能力並沒有任何問題，「你不是問我在不在？」

柯維安幾乎跟不上黑令的說話內容，這對他來說相當罕見，向來就只有他把別人繞得頭昏眼花。思緒打結好一會兒，他才緩過神來，弄懂黑令的句子原來是針對自己早先的問題——你在這裡不會吱一聲嗎？

「天啊，你還眞吱？」柯維安張張嘴，好像有點明白黑令這人的思考方式了。

「是說，你怎會在這裡？」柯維安問道：「我以爲我有把你推開……你低頭又是幹嘛？」

柯維安發現自己又搞不懂黑令了，他看見對方低下頭，像是注視什麼。他心下納悶，下意識蹲下，捧著筆電湊過去。

冷光照射下，柯維安瞧見黑令的一隻鞋子上，赫然穿了個洞，像是被某種銳物扎穿的。

「這位置扎得眞剛好，居然沒把你的腳也一起扎了。不過你讓我看這是要……」柯維安摸著下巴的動作倏然停止，他想到一件事，不禁湧上一絲心虛。

如果他記得沒錯，他貌似、好像……

「你的筆，扎住了我的鞋子，動不了。」黑令語氣平直地說，不是指責，就只是在陳述一件確實發生的事。

要命，還眞的是他用毛筆將人釘住了，而不是對方自己也跑進來這空間裡。

「咳呃……」柯維安的心虛和尷尬只有瞬間，隨即坦然地摸摸鼻子，「好吧，也許我潛意識裡還是想抓你當墊背？」

柯維安這話說得理直氣壯，甚至還臉不紅氣不喘的。

換作其他人，恐怕早就忍耐不住了。

然而黑令似乎只是打算說明自己爲什麼在這的原因，其餘一般人該有的反應完全沒有顯露出來，例如氣憤、惱火。他面無表情、眼裡無波瀾，如同激不出漣漪的死水。

柯維安還是第一次碰上這樣性子的人，像曲九江起碼還會給點反應，雖然大多數也能氣死人。

他本來都做好對方會給個瞪視眼神之類的心理準備，可是黑令這未免也太沒幹勁、太沒活力了，杵在那不動簡直像是一座雕像。

不過柯維安吃驚完了也就不以爲意。反正也沒有要深交的意思，只要能從黑令那得到自己想要的資訊就行。

「黑令，我可以再問你問題吧？啊，先等一下。」柯維安也不管黑令是否給出回應，突地在筆電鍵盤上飛快敲打，錯落有致的聲響在這處漆黑的空間裡顯得格外清晰。

隨著柯維安手指的動作越快，筆電螢幕上的光芒也隨之大亮。耀眼的金黃取代了原先的冷光，接著從螢幕裡居然鑽出一個個金色小字。

那在黑令眼中看來如同歪曲小蟲的金字，接連成一排排，乍看下就像是細長的光帶。

金黃色的光帶如同煙火濺發，從螢幕裡越鑽越多。它們迅速在空間裡遊走、環繞，一下就映照出這昏暗空間的全貌。

這裡原來是一個不大的空間，呈四方形，除了柯維安和黑令就再無其他人的蹤影。

「好了。」柯維安停止手指動作，滿意地看著由小篆聚集起來的光帶在他們兩人四周遊走。他低下頭，朝黑令露出一抹大大的笑容，「這樣就挺亮的，你應該不怎麼喜歡黑暗吧？」

黑令淺色的眼珠第一次洩露出吃驚的情緒，不是很明顯，可是襯著那張素來沒表情的臉，已足夠令人看清。

「大學生，你爲什麼會知道？」黑令罕見地主動出聲問了。

「喂，你那樣喊聽起來更像諷刺我耶……」柯維安的娃娃臉皺了起來，「不要大學生、國中生，更不要矮子，拜託直接喊我的名字，行嗎？我會知道的原因很簡單啊，你自己不就說過了，你不喜歡在夜晚行動嗎？」

柯維安聳聳肩，不認為這有哪裡難推斷出來。

「如果你不是有什麼奇怪的隱疾，就是單純不喜歡天暗下。顯然你沒有隱疾，那麼最有可能就是第二種了……嗯，該不會你還真的有吧？那可真是人不可貌相了。」

「……並沒有。」黑令的語氣終於有一抹類似不高興的起伏。畢竟不管是誰，都不想被人冠上這種誤會，「光很好，我就只是不喜歡黑暗而已。」

「我也不太喜歡。」柯維安贊同地說道：「那你現在應該可以回答我的問題了吧？看在我……唔，幫你點燈的份上？」

「可以。」黑令明顯也沒有要藏著不說的意思，「你的問題，是什麼？」

「首先，當然是你在我們市裡為什麼要到處閒晃？第二，你看起一點也不像是對這任務感興趣的樣子。請恕我直言，你根本就是超沒幹勁的耶。」

「我沒興趣，自然就沒幹勁。」黑令慢慢地說：「除了我家人，你是第一個指我沒幹勁，而不是看不起任務的人。不管是狩獵妖怪或是進行訓練比試，都很……無聊，而且乏味。」

柯維安得承認，要不是自己有跟黑令接觸，主動進行了更多對話，或許他也會覺得這個人的態度就是看不起身旁的一切。

怪不得楊百嬰對於黑令的評價就是純粹負值，她那種嚴以律己、律人的認眞個性，根本和黑令是兩種極端。

「既然覺得無聊乏味，那幹嘛還過來？」柯維安也不特意修飾問句，反正當事人自己都那麼說了，他就乾脆原話引用吧。

「一開始，就不想來。但是，我家老頭一直死纏爛打。」黑令依然說得很慢，像是在解釋著事情的緣由。而在提到自己父親時，眉頭微皺了下，「所以我告訴他，要是他哭著求我，我就去。」

「呃，你現在人都在這裡了……所以他哭了？」

「他哭了。」

「哇靠……」柯維安張大嘴巴，目瞪口呆，「伯父傷心得哭了？」

「不是，他是喜極而泣。」黑令瞥了柯維安一眼，那淡漠的眼神宛如在反問他怎麼會想到那裡去，「他開心我居然願意開出條件。」

「咳。」柯維安摸摸鼻子，他也覺得想到那裡去的自己眞是太天眞了，「你家人的個性也是……滿另類的。也就是說，你並不是在繁星市閒晃，而是眞的在巡視？」

「答應的事，我會做到，不管那多無聊，但也不用冀望太多。」黑令說：「一直待在這裡面，也很無聊，我想出去了。」

說著，黑令直起身子，他恢復站姿的瞬間馬上爲柯維安帶來壓迫感。

柯維安下意識後退一步，又連忙湊上前。

「等等，這事就交給我來吧。這可不是因爲覺得你靈力不夠的關係喔，所以這就幫我拿一下吧，這可是我家小心肝。」柯維安冷不防地將筆電塞到黑令手上，隨即伸手探入筆電螢幕。

堅硬的屏幕頓如水面柔軟，使得柯維安的五指深深陷入裡頭。

下一秒，柯維安反手一抽，一支巨大的毛筆瞬間自螢幕裡脫出，金艷的墨彩順勢飛濺幾滴，在黑黝的地面染上幾抹明亮。

「我叫出那些東西，當然不止是專門爲你點燈的哪。」柯維安笑咪咪地指了指上方。

由小篆組成的金色光帶在不知不覺間已停止遊走，它們靜止不動，互相交錯地各踞一方，彷彿帶著某種秩序。

柯維安往前走了幾步，站在光帶交集的中心點下方，手中毛筆霎時大開大闔地揮舞，一個大大的「開」字轉眼成形，再擴大散逸。

就在「開」字大得觸及到四方光帶的瞬間，所有小篆迸射出更耀眼的光芒。

光芒包圍中，柯維安側過臉，露出個狡猾的笑容。

「眼見爲憑，我可不信什麼靈力衰弱啊，衰弱的人怎麼可能有辦法比我還早察覺到妖氣呢？我說得對嗎，黑令？」

黑令站在原地，他看見了四周黑暗剝離，看見光亮。

他看見耀眼得令人難以直視的，光。

第七章

在柯維安和黑令消失的路上，並不是空無一人。

相反地，那裡確實還佇立著一抹人影，只是那人影極爲古怪。

凡是一般人見到，想必都會露出震驚或呆愣的表情，甚至猜測這該不會是有人在拍戲吧。

因爲尋常人類怎可能會有一頭水藍色的長髮、藍綠色的雙眼、淡紫色的嘴唇？尤其髮絲末端和裙襬邊緣赫然像是水波波紋，還時不時地滴墜下水珠。

滴答、滴答。

佇立在這條彷彿被什麼隔絕起來的小巷內的，是一名非人類少女。

天空中的熾烈日光減弱了，不知不覺中，堆砌得高高的巨大積雨雲，就像是要把蔚藍色都吞吃殆盡。

天開始有些陰陰的了。

水藍長髮少女像是什麼也感受不到，蒼白的臉蛋上是麻木空洞的表情，藍綠色的眸子眨也不眨地凝望著她面前的巨大黑色四方體。

「只想抓一個……但多了一個……」少女的嗓音細弱得像隨時會消散於風中，「沒關係，就……都消滅吧。」

少女舉起了雙手，蒼白的十指在空中伸展，像拈朵看不見的花。瞬間，藍髮少女的足下鑽冒出一條條粗大的物體，深褐的顏色、表皮無刺，那居然是樹木的枝條。

所有樹枝四面八方地將四方體包圍住，它們高高揚起，末端是尖銳的形狀，輕而易舉地就能穿透硬物。

藍髮少女張開嘴，似乎吐出個無聲的音節，接著她驀然放下雙手。

那就像一個信號，全部樹枝猝不及防地往下突刺。它們的勁頭又快又猛，眼看就要深深扎進那黑色四方體裡。

但，令人意想不到的事發生了。

說時遲、那時快，就在樹木枝條的尖端即將觸及四方體表面的剎那，金色的光猛地炸裂。

藍髮少女空洞的表情變動了，她張大雙眼，稍嫌狼狽地用手擋護面前，急急往後退。

光是從黑色四方體內冒出的，隨著黑色表面被金光切割出一條條裂痕，更多的光芒外洩出來，然後再次一口氣地爆發。

深褐的植物枝條被炫目的金色光芒呑噬，在光裡頭隱約可見正快速地化爲粉末、消失。

「不……爲什麼？」藍髮少女被光逼得睜不開眼，她嘶氣地說，空茫的嗓音裡注入了一抹驚疑，「爲什麼……」

「因爲我聰明、帥氣又無敵——假使換作是老大在這，他大概會這麼說吧。不過我比不上那老妖怪，所以我就謙虛地這樣說了……」在消退的金耀光芒中，有名娃娃臉男孩手持等身高毛筆，額前是肖似第三隻眼的金色神紋閃動，「因爲我懷抱著對全世界小天使的愛啊！」

「國……不對，大……也不對。」站在柯維安身後的黑令像是放棄使用稱呼，他平淡直白地問了，「你的腦袋，是剛剛摔壞了嗎？」

雖然沒有說出來，但是藍髮少女震驚瞪著柯維安看的眼神，也像是認爲對方的腦袋一定有問題。

「眞是沒禮貌，我可是發自肺腑才這麼說的。」柯維安彈下舌頭。知道黑令其實只是純粹地認眞提出疑問，不是故意諷刺人，他也就沒有回頭給對方一記瞪視。相反地，他直視正前方的藍髮少女，這次他的確是清楚地看見前一刻出手攻擊他的人的樣貌。

周身環繞著水氣和冰冽，一頭水藍色長髮幾乎及地，蒼白的臉蛋上有種茫然的空洞，像是不知道自己該何去何從。

「水瀾……？」

一個名字瞬間自心裡躍出來，柯維安想起不久前曾在白板上見到的藍色人形，想起那冰涼的雙手和沁骨的水氣，他幾乎直覺地認定面前的少女就是他們的目標對象沒錯。

「妳就是水瀾嗎？」柯維安迅速持筆擺出個預備攻擊的架勢，他可不覺得對方接下來會什麼也不做地乖乖聽他說完話。

果然，當柯維安喊出那聲質問後，藍髮少女空茫的表情變了，她露出一絲恍惚，喃喃地開口：「水瀾？我是……水瀾……想起來了，這是我的名字……而你，知道我的名字，你果然就是……」

水瀾細弱的嗓音出現瞬間靜止，她抬起蒼白的手指，藍綠色的眼珠裡逐漸褪去那絲恍惚，取而代之的竟是猛地染上憎怒的焰火。

「你也是——害我失去家的人！」

隨著那道霍然拔成尖利的吶喊劃過小巷，水瀾白色的手指前頓時炸裂出冰藍色的晶體。

那是一枚枚碎冰，六角如雪花齊綻，它們匯聚一起，像痲密針雨般一口氣全衝向正前方的娃娃臉男孩。

柯維安可沒想到事情會無預警轉折成這局面，他百口莫辯，眞想嚷嚷說自己冤大了。他只

是知道對方的名字，並不表示自己就是對方的仇人啊！

然而眼下的情況，卻不容許柯維安有辯白的機會。

面對直逼而來的大片冰晶，柯維安寒毛豎起，反射性飛快寫動筆尖，蘸著鮮艷金墨的毛筆轉眼就於路面上揮劃出數道金亮的痕跡。

下一秒，金色的光壁平空拔起，有如巨大屏障般擋護在柯維安身前，使得所有冰晶只能無可避免地衝撞上去，然後劈里啪啦地斷裂、墜落。

水瀾的雙眸微微張大，像是沒預料到柯維安的反擊，可她立即就再有了動作。

令人以為是由水和冰凝成的少女迅雷不及掩耳地再一甩雙手，她的手臂驟變，原先的蒼白頓被棕褐覆蓋，甚至還往外延展、伸長。

不對，那已經不是屬於人類的手了，而是如同樹木的枝條。

粗長的樹枝就像兩條褐色的巨蛇，飛也似地往光壁咬出。

這次的力道與上一波的冰晶攻擊截然不同，登時只見深淺不一的裂痕自光壁上迸綻，一道一道，並且隨同樹枝的接連擊打越擴越大，立時就像張蛛網分布在上頭。

柯維安原本以為水瀾會持續攻擊，直到屏障支撐不住。可萬萬沒想到，對方倏地往後退一大步，接著換由她足下鑽竄出數條枯枝。

那些樹枝像箭矢般鎖定光壁的同時，水瀾竟疾速躍起，她的雙臂又恢復成人類的外觀，兩隻寬鬆的袖子被風吹得鼓鼓的，向後揮擺的姿態彷彿一雙翅膀。

幾乎在樹枝來到光壁前的同一瞬間，水瀾那纖細的身影也已高高躍過光壁，凌空倒映入柯維安大睜的眼。

「靠靠靠靠啊！」柯維安驚慌大叫。如今前有樹枝，上有藍髮少女，但是面臨這兩方的夾擊，他的毛筆卻來不及再多做出一層防護。

他爲什麼老是忘記替自己的結界多補上一面蓋子！柯維安簡直想這麼哀號了，他沒有喊出聲的原因，是因爲目睹鋒利的冰錐在水瀾手中成形，兜頭就要朝自己刺下，一時失去了發聲的能力。

柯維安的眼睛越張越大，瞳孔不由得收縮。

就在這千鈞一髮之際，一股迅烈的力道猛地拽過了柯維安的臂膀。

柯維安忍不住還是哀號了，那足以令他手臂脫臼的疼痛，讓他的慘叫再也不受控制地衝出喉嚨。

他還不太能反應過來是發生什麼事，就覺身體其他部位也傳來抗議，疼痛有若潮水般一口氣湧了上來。

柯維安素來靈活的腦袋一團混亂，等到他意識到自己整個人摔到地上時，也發現自己的隨身大背包不知何時被人扯落，不偏不倚抓在另一人手裡。

黑令的手裡。

一切事情的發生都在轉瞬間，可是烙入柯維安瞪大的眼睛裡，就像是慢動作的畫面。

他看見灰髮年輕人抓著他的包包，像是揮舞著盾牌，乾淨俐落，還有凶猛，完全不顧敵方是名女孩子，就這麼不留餘地地衝著水瀾的臉面，直接狠狠揮砸出去。

硬物撞擊的聲音聽起來沉重又嚇人。

柯維安頓覺自己的心臟也像要跟著這擊跳了出來……

他的心臟當然不可能真的因此跳出來，所以取而代之的是，他驚恐無比地失聲尖叫。

「靠靠靠靠靠——我的小心肝啊！」柯維安這次的慘叫甚至比先前的還驚人，他摀著心口，感覺就要喘不過氣。

黑令冷眼看著水瀾孱弱的身軀飛了出去，他回過頭，也沒有好奇背包裡裝了什麼，便一把拋往柯維安所在的方向。

前一秒還躺著的柯維安，這一秒不顧身體各處仍在疼痛，他飛速跳起，慌慌張張地伸長手臂，說什麼都不能讓他的寶貝筆電砸落地，就算摔不壞也不能砸。

終於，背包被柯維安用力抱住，他大口地喘著氣，兩條腿正有些打顫。

「太……」柯維安想對黑令大聲抗議，但一想到那名連點幹勁都不打算提起的青年還是出手幫了自己，那些話最末仍是滑回喉嚨內，取而代之的是一聲「謝了」。

黑令沒有任何表示，彷彿剛剛做出那串舉動的人不是自己。

柯維安也不在意，他迅速揹起包包。先前的金色屏障經過水瀾的連番攻擊，上頭遍布裂痕，如今顯得搖搖欲墜，似乎隨時面臨崩離。

柯維安乾脆毛筆一揮，主動解除。

沒了金色障壁，阻擋在兩方之間的一切景象看得越發清晰。

柯維安看見水瀾倒在牆邊，水藍色的髮絲遮住她的臉面，一動也不動，令人分不清是昏了或清醒著，乍看下就像一尊失去行動能力的陶瓷人偶。

柯維安不認為水瀾會就這樣敗於他們之手。對方可是輕易就能將他拖入自己空間的人，怎麼可能會因為那物理性的一擊，就簡單失去意識？

所以柯維安沒有貿然上前。

而同時，有什麼自上空滴墜下來。

冰涼的液體「啪」地落在柯維安正巧抬起的臉上，他下意識摸了摸臉，望見早先還是陽光燦爛的天空，此刻已不知不覺被雲層覆蓋。灰濛的雲朵就像盛載不住積累許久的水氣，開始滴滴答答往下滴著雨。

柯維安與黑令幾乎同時開口，可兩人說的話卻又截然不同。

「下雨了。」

「有人來了。」

柯維安一訝，反射性望向黑令。緊接著如同印證後者的話，該是僅有三人的巷道裡，赫然出現了第四人的聲音。

「嘖嘖，果然是妖氣呢！不枉費我在這種天氣裡，還冒雨找來這裡。」

「等一下，別把人數擅自刪減啊，明明是『我、們』。是說哪一個傢伙才是妖怪呢？」

不對，還有第五人的聲音。

聲音的來源是上方，視線一抬高，就能見到在其中一側的住宅屋頂上，竟或站或蹲踞著兩抹人影。

黑色的狐狸面具遮掩他們的臉孔，同樣深暗的斗篷也包裹住他們的身形。即使憑著聲音，也難以判斷出他們的年齡性別——那兩道聲音如同經過變造，粗厲沙啞，但無論如何也掩飾不了其中的惡意。

柯維安可以感受到來自那兩位不明人士的目光，明顯又露骨地逐一打量過他們。

先是他。

「喂，小伍，那小鬼是國中生嗎？他拿那麼大支的毛筆別說是在玩COSPLAY……媽啦！居然是神使？有沒有搞錯？這種年紀的也行嗎？」

「吵死了，小陸，濫竽充數這詞你有聽過嗎？中文那麼差，看你之後怎麼考大學？神使又怎樣？只是頭銜比我們酷炫而已。」

再來是水瀾。

「那個女的，鐵定就是妖氣的來源了吧？希望別弱到不堪我們一擊啊。」

「誰知道呢？繁星市的妖怪都太弱了，很沒幹勁……對了，那邊那個國中生神使，別插手，那妖怪是我們倆的獵物。」

最後是黑令。

屋頂上，戴著黑狐面具的兩人都沉默了一會兒，接著竟是無預警地爆笑出聲。似乎黑令的存在對他們來說，無疑是一則笑話。

「喂喂，噗哈！真的假的？是那傢伙？那個連基本標準的靈力值都沒有的沒用傢伙耶！」

「難不成他也想狩獵妖怪？不要逗我笑啊！」

「說你笨還眞的笨，小陸，你不是已經在笑了嗎？」

「對耶！哈哈哈哈哈！」

互稱彼此「小伍」、「小陸」的兩人又樂不可支地笑成一團。

柯維安偷瞄了黑令一眼，發現那名年輕人的表情毫無變動，灰色的眼珠裡也不見任何光芒，就只是一灘激不起漣漪的死水。

這個人，眞的對外界的言論完全無動於衷。

「不好意思，我說！」柯維安一手圈在嘴邊，拉高聲音，對著上方的兩人喊，「抱歉打擾你們說話，但我可以插個嘴嗎？」

柯維安的叫喊確實成功引來另兩人的注意，他們仍在嘻嘻哈哈，不過全都正面轉了過來。

「嗯，該怎麼說才好呢……雖然我自己在執行任務的時候，有時也會穿類似的服裝，但那也都挑夜晚，還盡量要低調。」停頓了下，柯維安朝屋頂上方的兩人露出大大笑容，眞誠地說：「大白天的你們就穿這樣，還特地挑高處出場，這麼高調到怕沒人知道，你們眞的是白痴嗎？或者是，你們的腦子浸水發霉了嗎？」

瞬間，巷道裡一片針落可聞的死寂。

天空灰濛濛的，也許等會就要下起大雨。

黑令知道在他人眼中，自己是個怪異的人。

不過，他現在突然覺得自己身邊的這名娃娃臉男孩，或許也是個怪異的人，更可能，比他還要怪異。

因爲普通人不會特別留意細節，替另一名不相關的人點亮燈火；也不會在面臨威脅或危險的時候，露出親切又狡猾的笑容；更不會在眼下的這一刻，眞誠地說出那樣的話——

「你們眞的是白痴嗎？或者是，你們的腦子浸水發霉了嗎？」

黑令看了一眼柯維安的表情，注意到那張娃娃臉可謂誠摯得一點也不像是在作假，於是他決定難得附和別人地開口。

在這處有五人存在、卻陷入死寂的巷道裡，黑令低緩的嗓音格外突出。

「他們是白痴，我不會否認你的話。」

如果說，柯維安的句子讓兩名黑狐面具人影呆住，那麼黑令隨後補上的話，則是使得他們心底的憤怒刹那間燃成燎原大火。

「說我們白痴……你這個廢物，不會原諒、不會原諒、不會原諒！」

「混帳傢伙！絕對要你們付出代價！」

小伍和小陸雙雙大吼，兩人頓時就像黑色旋風般衝了下來，從斗篷中伸出的手也在轉眼間有了動作。

「壹行、貳令。」

「參執、肆命。」

「兵武速現！」

兩道粗啞的喊聲疊合一起，小伍、小陸指間挾住的白色符紙立即湧冒黑墨。當黑色的字紋一路遊竄至底端，白光驟閃、符紙消失，取而代之的是兩人手上各握著不同的兵器。

一爲戟，一爲斧。

長戟和大斧鎖定底下的柯維安和黑令，氣勢洶洶地直逼而來。

誰也沒有發覺到，水藍色的人影好似微微動了一下。

高舉武器，小伍、小陸速度飛快，他們一人各針對一個目標，金屬破空的聲音在細雨裡透出一絲凌厲。

「等等、等等，不是這樣的吧！說眞話也要被人追著砍？」柯維安吃驚地嚷嚷，急忙連連閃躲。

他是從那兩名黑狐面具人影的身高差，來分辨哪個是小伍，哪個是小陸——拎著大斧，不停朝他揮砍的是小陸。

雖說不是瞄準致命部位，但瞧那凶狠的勁頭，擺明就是不會讓人好過。

柯維安向來就不是體力派的人，戰鬥力比起自己的同伴更是格外地弱，因此他的躲閃很快就變得有些左支右絀起來。

小陸心裡大喜，打定主意要再多嚇唬這名不中用的神使一會兒。他快速地將斧柄換到另一手，然後猛地就往對方腰間橫砍。他知道憑自己的這段距離，不會真砍中目標，只會落到一邊的牆面上。

不過，絕對足夠嚇得人腿軟了。

然而小陸卻沒想到，眼前的娃娃臉男孩背一貼牆，冷不防就是露出狡獪的微笑。

「我不是體力派，可人家是腦力派的。這點，連我家甜心都承認唷。」

什麼？小陸一愣，手中的大斧依然順著既定的軌跡往前砍劈。

說時遲、那時快，金色的光牆霍然隔阻在兩人之間，大斧的斧緣確實砍到牆面了，只是這「牆」，和小陸預期的根本不一樣。

小陸瞪大雙眼，感到虎口一麻，強勁的反彈力震得他差點往後退。他使勁穩住了，可萬萬沒料到柯維安居然抓準這時機消去光壁，頓時讓他的大斧一個落空，連帶的身勢也跟著不穩。

「那女孩不是你們能動的，外地的狩妖士還是趕緊退場比較好哪。」柯維安笑嘻嘻的，手上也沒閒著。他在奔越過小陸的同時，毛筆筆桿飛快一轉，柄端狠狠重擊上對方的肚子。

小陸掉了大斧，雙手抱著肚子蹲下，衝上喉頭的反胃感讓他忍不住陣陣乾嘔。

「小陸！」小伍見著這幕惱怒大吼。他的目標是黑令，可是那名手無寸鐵、只有「昔日天才」這個虛名的年輕人，卻是一而再、再而三看似簡單地避開了他長戟的追擊。

一切已讓小伍感到惱火，如今再見到小陸受創，又耳聞柯維安的話語，湧冒的怒焰登時燒得他腦袋更加發燙。

「爲什麼你會知道我們是什麼人！」小伍加快攻擊的速度，可是黑令依然滑溜得如同泥鰍，不斷讓他的攻擊落空。

「呃，因爲很好猜呀。你們給了那麼多線索，我又不是笨蛋。」柯維安無辜地說，腳下奔跑未停，他一邊跑一邊高聲說：「你們認識黑令，光憑這點，不是同行就說不過去了吧？你們不是楊家的人，肯定是外地來的狩妖士。附帶一提，我知道最近市裡的妖怪惡作劇和受傷估計和你們脫不了關係。最後——」

「你們把甲乙、丙丁、庚辛藏到哪裡去了，你們這幾個混蛋高中生！」柯維安的高喊轉爲怒喝，他一把扔擲出自己的毛筆。

小伍的動作立刻有絲慌亂，他必須閃開那支毛筆才行。

與此同時，一直只守不攻的黑令猝然間疾速出手，他迅雷不及掩耳地反抓住長戟的桿柄，猛力將小伍往前一拉扯。

下一秒，戴著黑狐面具、裹著斗篷的人影被踹飛了出去，不偏不倚還跌落在水藍色少女不遠處。

小伍的臉撞到了地面，面具砸出了響亮的聲響，隨後一塊碎片剝落下來。

邊痛苦呻吟邊爬起的小伍露出了一隻眼睛。

「你怎麼知道他是高中生？」黑令隨手扔開長戟，將地上的毛筆踢向柯維安。

「不是都說之後要考大學了？七月的大考已經結束，不是升高二就是升高三吧，除非他天賦異稟跳級。只是看那邏輯和智商，難度挺高的。」柯維安抱住自己的毛筆，認真地說：「你也是要唸大學的人了嘛，記得別塡來繁星，免得我看到你那身高，還是會心生怨恨。對了，你認得這個小伍是誰嗎？」

「不認得。」黑令簡潔地回答。

「也是。」柯維安倒也不失望，「要是單憑一隻眼睛還能認得出對方是誰，那鐵定就是眞愛……」

柯維安本來還有兩字「沒錯」要一併說出來的，但是他忽然停住了話，神情竟顯得僵硬。

小伍狼狽地跪立起身子，他望見前方的娃娃臉男孩露出奇異的表情，竟有幾分像是……緊張？

怎麼回事？小伍茫然地想，明明就該是對方佔了上風了，爲什麼反而會露出那種……

小伍沒辦法從黑令的臉上讀出情緒，所以他移動目光，看向自己的同伴。這次他可以很肯定地說，小陸的表情就像是活見鬼。

幹嘛連小陸都這樣看自己？小伍下意識地摸上面具，上頭只是崩碎一角，他的大半張臉還是藏得很好，沒有洩露相貌。

既然如此，爲什麼……小伍的思緒驀地中斷，他僵著背，一動也不敢動，感覺到徹骨的寒意貼著自己，一寸寸地往上爬。

「符家……」有誰氣若游絲地呢喃，就貼著小伍的耳畔，那吐息也是冰冷的。

小伍覺得簡直像是有塊冰塊靠上了自己。

「有符家道術的氣味……是你們嗎……」

然後是蒼白細瘦的手指一根根地自後探了出來。

「咿！」小伍渾身打顫，他不知道自己的身後發生什麼事。

可是，其他人知道。他們看見了被認為已喪失意識的水藍色少女爬了起來，她的手指托住小伍的臉，將他的下巴往上扳，直到那隻恐懼的眼納入自己藍綠色的眸子。

小伍張大嘴，看著那張蒼白無血色的臉越湊越近，淡紫的嘴唇蠕動。

「不會原諒……跟那個家有關的人，一個都……不會原諒。」水瀾吐氣說，嘴唇彎起弧度，那是天真、扭曲又殘酷的笑容。

剎那間，天空猛地傳來霹靂震響。

轟隆一聲，銀白的電光從雲裡撕裂，小雨轉瞬化為傾盆大雨砸下。

「一個都不會、一個都不會、一個都不會，」

在轟然的大雨聲中，水瀾細弱的嗓音卻清楚無比地進入所有人耳中。

「都不會原諒！」水瀾咯咯高笑，雙手猛地使勁，就要加諸在小伍的頸項上。

同一時間，一道厲吼搶先到來。

「不准傷害人的性命，妖怪！」

一併到來的，還有突然從雨幕中殺出的白色旋影。

水瀾迅速鬆手，纖細的身形眨眼崩融為水，和雨水混在一起，一時竟難以再發現行蹤。

白色弧影雖然撲了個空，可旋即便像有意識般靈活轉向，回到了主人手上。

滂沱大雨中，柯維安必須用力眨去不停滑下的雨水，才能看得清楚。出現在此處的，並不是什麼陌生人，但也不能說極爲熟識。

柯維安看著那面周邊突出利刃、像滾了一圈尖鋸齒的白鐵盾牌，再移向套著它的那隻戴著白手套的手，最末才正視對方的臉。

來人赫然是白糸玄。

給人菁英印象的青年，即使在這場突來的暴雨中，也沒有失了平時一絲不苟的模樣。他快步走近柯維安等人，對黑令的存在皺了下眉頭，很快又隱去異色。

「這是怎麼回事？」白糸玄不得不放大聲音，否則雨聲會蓋過一切，「我在巡視，忽然感覺到附近傳出妖氣……不對！妖氣還在，而且越來越強烈了！」

白糸玄驀地臉色大變，立時警戒地張望四周，「那是什麼妖怪？」

——跟你們符家結了仇的妖怪。柯維安當然不可能直白地這樣說，他也感覺到方才不甚明顯的妖氣，眼下變得越漸濃烈。

而各踞一方的小伍、小陸則像深感情勢不對，拖著身子就要逃跑。

柯維安豈會沒注意到，他當機立斷，「不能讓那兩個面具傢伙跑了！他們是妖怪失蹤的嫌疑犯！」

「什……」白糸玄啞然，震驚似乎使得他的反應慢上一拍。

就在這個瞬間，態勢生變。

自路面上濺起的大片水花霎時靜止——它們眞的靜止了。

水花凝凍成寒冰，像是盛綻的花一路瘋狂地向四面八方湧冒，中心處則是錐狀的冰晶層層交疊、快速堆高，隨後水藍色的人影平空浮立於上。

水瀾的髮絲、裙襬就像要和雨水融爲一體。

「更強烈的……符家術法的味道……」沒有被雨聲蓋過的細弱嗓音像哭又像笑，「你們毀了我的家……爲什麼爲什麼爲什麼要毀了我的家！」

尖高的悲鳴如同要撼動天際，雨勢居然開始轉小。

但是柯維安知道，這純粹是天氣的自然變化。夏季的陣雨就是這樣，總是來得快，去得也快。

所以，要抓到水瀾，也不能讓那兩個狐狸面具傢伙跑了！

柯維安內心的一角希望一刻這時候能在場，和默契好的同伴一塊並肩戰鬥，總是能令他更安心。可是，心裡還有個更大的聲音在說，就是因爲一刻不在場，所以他得要做得更好才行，他不想讓他的同伴們失望！

「白糸玄，那兩人交給你！黑令，就當我直接欠你人情了，也幫我攔下他們！」柯維安在雨中高喊，自己則是毫不猶豫地揮動毛筆。

金艷的墨色被雨水沖刷得有些淡，但大部分仍頑強地附著在上。

柯維安專心一致，娃娃臉上嚴肅得沒有表情。像是感受不到雨水打在身上的冰冷刺痛，他揮灑著墨漬的動作又快又豪邁，轉眼間一氣呵成。

灰暗的柏油路面，頓時留下一筆沒有中斷的彎曲字跡。

別人看來或許是難辨的鬼畫符，可是對於柯維安而言，那是他使用過無數次、如今早已變得無比嫻熟的金色篆體。

「開、破、斷。」從柯維安下筆到收筆的過程，其實也只是極短時間，當最後一筆金亮的墨漬灑濺出去，他額前的金色神紋也同時發光。

眞的就像是第三隻眼睛。

「重裂！」

金熾的光芒瞬間揮散，就像一把大刀破開細密雨幕，也破開了由冰晶疊砌的高高塔柱。尖銳冰體登時四分五裂，破碎的聲音宛如清冽的叮鈴樂曲，甚至將落雨聲也蓋了過去。

冰屑飛舞的畫面，令見者不禁產生雨中墜雪的錯覺。

另一端，原本急著逃離的小伍、小陸也受到這陣音響的吸引，他們下意識放慢了腳步，回過頭。

小陸的臉被黑狐面具擋住，看不清表情。

小伍的一隻眼睛自面具缺口後露了出來，那隻眼睛透出震驚、愕然，隨後凝匯成一股濃濃的妒恨。

白糸玄沒有錯過這個空隙，他飛快再拈出一張符紙，貼上自己的盾牌。

「一分二，二爲左右。」盾牌尖銳的鋸齒狀邊緣眨眼間改變，變成規律的十二邊形。緊接著，白糸玄五指按上盾面中心，一把抽離，「兵武化形！」

眞的有什麼被抽離出來了，竟然又是一面白鐵色的堅硬盾牌！

只不過，該是呈現十二邊形的邊緣，此刻就像隨著盾牌一分爲二的關係，轉變爲六角形。

六角盾牌抓準時機，雙雙自白糸玄的手中猛地飛射出去。

雨幕中，只見兩面六角白影各自以刁鑽的角度，追擊向小伍與小陸。

「我靠！」小伍回過神，大罵出口，長戟趕緊攔擋下盾牌。

殊不知，盾牌含帶的力道超出他的預料，長戟震動，他的身子也跟著被逼得退後。隨即像再也抵擋不住，連人帶戟地撞上了後方的住家大門。

黑鐵的鏤空門扇被撞得匡啷作響，但就算是雨聲也蓋不住的響動，仍然是不見有人外出探查究竟。

現在這處地帶，可說是被一座無形的屏罩籠住，形成了一個普通人難以進入、也難以發覺的奇異空間。

小伍被這一撞，險些一口氣就要岔了過去，眼前好似有一瞬白影閃晃，模糊了視野。

小陸的運氣就好多了，他比小伍更早開始關注四周動靜，因此白糸玄的六角盾牌一飛來，他馬上踩大步跳起，靈活地踢上牆面，借勢帶高身子。大斧同時舉起，鎖定逼近的目標，高高地一個重力劈落。

鏘！金屬互撞的聲音刺耳。

六角盾牌被這一劈嵌進路面裡，雖然只在上面留下一道不深的痕跡，可的確破了白糸玄的攻擊。

小陸鬆口氣，立即打算抽身帶著小伍急退。可他剛一扭頭，卻是驚駭地發現，有另一道身影早就無聲無息地逼來。

他完全沒有發現到！小陸的雙眼瞠大，瞳孔裡倒映入對方的樣貌。

那人的身高輕易帶來一股壓迫，他微彎下腰的姿態，淺灰色的凌厲眼珠，無一不是令人聯想到隨時要露出獠牙、揮出利爪的野獸。

小陸差點就要悲鳴出聲了，可是他馬上意識到這人是誰。是曾經的天才……如今卻什麼也不是的黑令！

小陸心裡即刻又生出一股輕視感，壓過之前反射性冒出的顫慄。不管黑令是如何趁機近身的，他都不是須要害怕的敵人。

「少礙事！滾到旁邊去吧，廢物！」小陸掄起大斧，前端尖利的突起部位直指黑令，毫不留情就是往前送出。

小陸心想，對方一定會躲，否則他的肩胛就等著被自己捅出一個窟窿吧。不可能有傻子白白捱下這記的，而只要黑令一躲，他的去路也再不會有人阻攔。

然而沒想到的是，黑令眞的沒有躲。而且即使自己的身上就要被捅出一個血窟窿，他的臉上還是不見表情波動，灰眸平淡得有如一片荒蕪。

這傢伙是瘋了嗎？小陸不敢置信，大斧的去勢卻也沒有因此停下。

「黑令！」柯維安望見了這驚險的畫面。他正不停地破開水瀾凝起朝他衝來的冰錐、冰稜，已經累到氣喘吁吁、額際生汗，又被雨水沖刷掉。可是既然他看見了，就不可能對黑令置之不理。

無法理解黑令為何不閃躲，柯維安咬牙，毛筆脫手，像是飛箭般直衝水瀨。

藍髮少女顯然也知道不能與那古怪的毛筆硬碰硬，金色的墨漬會令她大吃苦頭。她想也不想地雙手闔起，足下是冰層與樹枝一併伸冒，接連成了兩面城牆。

與此同時，毛筆脫手的柯維安不敢怠慢，他橫了心，從背包裡摸出筆電，迅雷不及掩耳地扔砸出去。

筆電正中小陸的腦袋，突如其來的疼痛讓他滑了手，大斧掉墜。

就在這剎那間，之前被劈進路面的六角盾牌猛地彈起，重重地再撞上小陸。

這兩下可以說是打得小陸眼冒金星，下場比小伍沒好上多少。

「你沒必要插多餘的手，黑令。」白糸玄揚起手，盾牌立刻回到他臂上，兩面併成一面，邊緣又成十二邊形。「你那不經大腦的動作，反而打壞我的攻擊節奏。要不是你無故冒出，我就能更早一步收拾他們。靈力低下就識相地滾到一邊去，不要礙手礙腳。」

「假使你的動作夠快，就不會被我插手了。」黑令平直地說，灰眸不帶情緒地瞥向對方。

那一眼，在他人眼中就像一種輕蔑。

白糸玄暗中霍地捏住拳頭，端整的面孔似乎閃過一絲狠意。

老實說，柯維安一點也不想去管那兩名狩妖士有什麼心結——不，嚴格說來，也只是一方處處針對，一方無動於衷——可是有件事，他覺得他得要出聲大喊，提醒那兩人一下。

「你們解決完就帶那兩個戴面具的到我們社辦，今天中午你們去過的地方！我這裡還得忙著和另一位小姐聯絡感情！還有……拜託幫我撿一下我的心肝啊，黑令！」

「你的心和肝在你體內，沒有掉出來，要是眞掉了，我再幫你撿。」黑令說。

「你這是詛咒我死嗎！」柯維安差點噎到，偏偏那名灰髮年輕人看不出開玩笑的意味，

「心肝只是比喻！求你撿起我的筆電總行……靠夭。」

柯維安的哀叫突然轉爲簡短的髒話。

只是兩個字，卻蘊含各種情緒，諸如「慘了」、「大事不妙了」、「要糟」之類的。

四周的妖氣居然又比剛剛更濃烈，明明雨已轉爲細絲，可水氣的存在感變得越發沉重，簡直要讓人無法呼吸。

柯維安張大眼，眼睜睜看著自己的毛筆倒飛回來，那勁頭凶狠得他完全沒信心接住。

他急忙雙掌大力拍上。

瞬間，毛筆像泡泡般虛幻地崩碎，成了大束金色光點，飛也似地退回到黑色筆電裡。

就在同一時間，由寒冰與樹枝築成的城牆朝兩側分展開。誰也來不及看清，就有無數樹枝倏然衝湧出來，像是長鞭，一個也不放地纏鎖住他們的身軀、四肢。

「什……」勉強維持著清醒的小伍、小陸失聲駭叫，他們看見褐棕色猛地襲向自己，接著就是骨頭要被箝斷的疼痛，然後目睹樹枝抽出綠葉，再分岔成大片紫色，一瓣又一瓣的紫花失控瘋長。

只消一會兒，華麗成串的紫藤花就披覆在那些捆綁住小伍、小陸、柯維安和白糸玄的樹枝上。

有一人避開了伏擊，竟然是黑令。

黑令輕巧落足於圍牆上，他那麼大的個子踩上去，竟沒有半點聲音，他的臂下還挾著一台筆電。

「你沒有說要撿起你。」黑令看向柯維安，「所以，只有筆電。」

柯維安這時無暇回話，或是佩服黑令敏捷得驚人的身手。他呆愣地望著幾乎佔領巷道的紫藤花，心中是茫然的疑問。

這水瀾……究竟是什麼妖怪？

第八章

「藤花……紫藤花？這到底是何種妖怪？」

白糸玄震驚的喃喃聲最先打破凝結的死寂，而在最末一字落下之際，水藍色的身影也出現在視野中。

藍髮少女還是蒼白一如以往，淡紫的嘴唇彷彿像被凍壞。她每走一步，髮絲和裙襬便如水波圈圈晃漾。

可是，她的雙眼已不再空洞，裡頭有著極爲強烈的情緒，彷彿一尊瓷娃娃眞的活過來了。

然而柯維安只覺得背脊都要發涼，他還寧願水瀾維持之前的模樣。

因爲在那雙藍綠色的眸子中，燃燒的是具體得像要溢出的，恨意。

針對某人，或是說某個家族的恨意。

柯維安一點也不懷疑，那個對象就是符家。

之前水瀾就曾說過，那兩個叫小伍、小陸的人有著符家術法的氣味。現在這裡還多了一名符家大弟子，恐怕就是白糸玄施術的動作，讓水瀾的情緒徹底被撩起。

「黑令，我只有一個請求。」柯維安乾巴巴地說：「待會無論如何都別惹火這位漂亮小姐了，否則她眞的會找我們拚命。」

「拚命，很可怕嗎？」黑令低緩地問。

「你在說什麼傻話？拚命當然可怕，而最可怕的是——她有欲線！」柯維安忍無可忍地大叫出來，「不能碰地也不能開出心靈空隙的欲線！」

單是柯維安吼出最末兩字，就足以讓白糸玄和小伍、小陸震驚得鴉雀無聲。他們皆是狩妖士，不可能不明白「欲線」這兩字代表的意義。

欲線，即是欲望具現出來的線。

凡是欲望膨脹至失衡，便會從心口處長出欲線，只要末端碰觸到地面，就會釣起專門吞吃欲望的妖怪，瘴。

而時至今日，瘴居然還進化了，成爲要是心口隨著欲線開出空隙，就能鑽進去的瘴異。

「但是瘴異什麼的，難道不是你們神使公會唬爛人的嗎？妖怪說的話哪能信！」小伍慌亂地嚷。

「住嘴！」嚴厲斥喝的人是白糸玄，「不管你們是什麼身分，豈輪得到你們說話？柯維安，你確定你當眞看見欲線了？不是錯覺？」

柯維安再度無比希望一刻能夠在場，只要他家小白在，一聲暴喝立刻可以震懾得再沒人敢說話。但是，他也明白白糸玄特地這麼問的理由。

只有神和神使看得見欲線，就算是經過修練的狩妖士也無法看見。

柯維安噈噈唾沫，「啊，很清楚……都要到腰間了。不過還沒見到有瘴異出沒，姑且就先假設心的空隙還不夠大……」

在柯維安眼中，隨著水瀾越漸接近，那條靜靜垂晃在她胸前的黑線是越發清晰，也越發令人膽顫心驚。

「又漏了一個……可是，沒關係……」水瀾氣若游絲的嗓音，和她燃著憎恨火焰的雙眸成了極端對比，「先解決掉符家人……先殺了殺了殺了殺了殺了……」

「背信忘義、奪走我的家的……」

「符家人！」

水瀾霍然尖聲嘶喊，紫藤花隨之震顫，從藤枝中竟是又叢生出更多分岔枝條。每一截末端都是嚇人的尖銳，不由分說地瞄準四道被綁縛住的身影。

「等一下！我只是知道了妳的名……」柯維安的抽氣被另一道聲音蓋過。

「水中藤!?」白糸玄湊齊了目前為止的線索。水氣、藤花、對符家的怨恨，不可能只是巧合。他是符家弟子，怎會不知道符家先前發生的事？

就在近十來天前，符家砍伐了一株原本生長在本館附近密林內的巨大藤樹，那紫藤竟是不合常理地長於水池中。由於物有反常必有妖，為了避免紫藤成妖，危害人類，所以最終仍是決定將之砍伐，並且填埋了那座水池。

「妳難道就是被我符家砍去的那株水中藤!?」白糸玄高聲質問，眼裡有著震驚與凶狠，「沒想到妳原來還是成妖了，還從我符家眼皮底下逃出。以狩妖士之名起誓，絕對不會讓妳這等作惡的下作妖怪再有機會逃出生天！」

逃你個大頭鬼啊！柯維安簡直想氣急敗壞地這麼咒罵，現在被綁著等做串燒的可是他們！就算水瀾眞因那聲「水中藤」下意識止住一切動作，可那雙藍綠色的眼眸裡，燒出了更扭曲的恨意大火。

很顯然，水瀾就是符家的那株水中藤沒錯。

而現在，正巧有符家人在她眼前。

「水瀾，妳冷靜一點……」柯維安拚命擠出話，設法轉移水瀾的注意力，絕不能再讓她的欲線繼續增長。

「不須要，冷靜……須要……」水瀾歪著頭，露出了奇異的笑容，稚氣又歡欣，如同突然獲得大把糖果的小孩。

那些從藤枝中分岔出來的枝條倏然隱沒。

「須要——殺！」水瀾的笑容混入扭曲，她的身子迅速凌空飛起，像隻飛鳥，從袖裡伸探出的蒼白手臂直指下方的柯維安，五指併攏，轉瞬間化爲延伸的藤枝。

開綻的紫藤花幾乎炫痛了柯維安的眼。

柯維安沒想到，藍髮少女居然選擇他作爲第一個目標。

難道她眞的特別喜歡娃娃臉、鬈髮、臉上有雀斑的男孩子嗎？他壓根不想要這種喜歡啊！

柯維安驚恐地閉眼大叫，「小白救命！」

說時遲、那時快，眞有誰的速度比水瀾還要迅速。

柯維安閉上眼，因此沒見到一把銀紫色的光束橫在他面前，眨眼便削斬掉水瀾化作藤枝的手臂。

水瀾斷氣，蒼白的臉蛋顯露猙獰扭曲。她的另一手也化作銳利藤枝刺來，非要在那名半途殺出的灰髮年輕人身上扎洞。

黑令竟是不閃不避，毫不猶豫以空著的另一手往前揮擋。

銳物深深地洞穿黑令的掌心，鮮血立刻噴冒而出，濺落在柯維安臉上。

同一時間，讓藤枝穿透自己掌心的黑令不但沒有流露一絲痛苦之色，相反地，他猛地拽扯住那條藤枝，就著這姿勢，在他未受傷手上的銀紫色光束揮動出一個圓月弧度。

銳利的鋒刃不但斬斷綁縛柯維安的藤枝，連帶被黑令攢扯住的部分也一併斷裂。

柯維安剛感覺到身上禁錮一鬆，甚至還來不及睜眼，就又覺得衣領上多了一股力道，他被人像抓小貓般拎住了。

下一秒，他一屁股摔跌在硬邦邦的路面上，磕得他齜牙咧嘴。

「痛痛痛……」柯維安一張開眼，視野內猛然被塞入一個黑色物體，正是他的黑色筆電。

「你的心肝還你。」黑令微偏過頭，側臉淡然，站姿依舊筆挺，那逆著光的身影就像一桿戰矛。

柯維安反射性抱住自己的筆電，他看見那名灰髮年輕人的手中提握著一柄造型奇特的武器，渾身透著炫亮的銀紫色光芒，像由光粒組成，外觀則是宛如兩把彎刀銜接在一起，兩端是鋒利的刀刃。

接著，柯維安看見黑令的另一隻手淌滲出蜿蜒的鮮血，縷縷殷紅交匯一起，幾乎把那隻手掌全染紅了。

細雨不知在何時停止，雲層退散，陽光重新露臉，耀眼的光線灑落下來，空氣裡的熱度一口氣又提升。

柯維安想到之前濺落在自己臉上異於細雨的溫熱液體感，他下意識摸上了臉，指腹頓時蘸上一抹淡淡的紅。

柯維安原本還有些混亂的腦袋，在這剎那立時清明起來。

黑令受傷了！

柯維安急急跳起，卻不是衝上前追問對方的傷勢如何，而是抓緊時間，高聲地再下指示，「黑令！還有另外三名人質也要撈回來，我這個月的人情扣達就全都送給你了！」

被黑令前一瞬的突來攻擊震懾住的，不是只有自己，還有其他狩妖士，與水瀾，因此柯維安說什麼都不會放過這個得來不易的空隙。他的話聲還沒完全落下，就先快速地展開行動。

筆電被擱置一旁，柯維安握緊從筆電內抽出的巨大毛筆，立刻又是一筆大力劃上柏油路。

「開、破、斷。」金耀的篆體毫無間斷地組成流暢的筆跡，「重裂！」

在柯維安高亢的喊聲中，金光有如大刀般凝冒衝出，直撞水瀾。

黑令的速度也沒有慢下，當金光升起之際，他修長的身影也再度如鬼魅無聲竄出，所到之處帶起一片俐落的銀紫炫光。

綁縛住三名狩妖士的藤枝也紛紛斷裂，小伍、小陸依然一副呆傻的表情。他們看著黑令手中武器的眼神，簡直像在看著不該存在的東西。

怎麼可能應該存在？

狩妖士的武器除了隨身攜帶在身上的實物，大多還是靠靈力與符紙配合，將符紙轉化爲適合自己的兵武。

但是……黑令不是應該沒有靈力，和個廢物一樣了嗎？

白糸玄也錯愕地瞪著眼，可是他馬上瞭然。怪不得黑家非要黑令作爲代表，恐怕就是要急於證明他們的下任家主候選人並非全然失去靈力，依然能將符紙轉化爲兵武。

不過這樣，不會太可笑嗎？只是這點程度的靈力，也好意思展現出來給旁人看？

「哼。」白糸玄的驚愕退去，換上了凌厲。他抓緊盾牌的握把，另一手迅速從盾面中心再一抹，一張符紙被抽離，十二邊形的邊緣當下變回密集又尖銳的齒刃，「既然是從我符家手下逃脫的妖怪，就該由符家清理！」

搶在金光如大刀逼近水瀾的前一刻，白糸玄也飛身躍起，盾牌脫手疾射，鎖定的赫然是水瀾蒼白的頸項。

水瀾藍綠色的眸子倒映入多方夾擊，她看見那些攻擊，看見那些人的臉，然後所有的一切在眼前好似又揉成模糊的一團。

她又聽見那日的冰冷話語。

「砍了。」

「砍掉這株水中藤。」

「這裡不是她能待之地。」

砍掉砍掉砍掉砍掉砍掉，家園被填埋，銳利的斧刃一下又一下地落在自己身上。

好疼，那好疼。

爲什麼要這麼對她？她明明只是想要有個家……有人答應……有誰明明答應過了……

「去死吧，妖怪！」

「什——不行！該死的，不能殺她！」

耳邊有誰在厲吼，在大喊。

進入水瀾耳中的卻全化成那一日聽見的話語。

「砍了。」「砍了。」「砍了。」

是誰傷害妳？是誰驅離妳？是誰要狩獵妳？

腦海中，像有道甜蜜惡毒的嗓音竊竊私語。

是符家人。水瀾絕不會錯認那個家族的味道。

是符家的人——害她至此！

「不原諒不原諒不原諒。」水瀾像沒瞧見金光驟然轉向，改擋住了飛旋而來的齒刃盾牌，她眨動眼睫，透明的淚珠滑墜，一滴下臉龐便成了冰珠子。她舉起雙手，掩上了臉。

「不會——原諒！」水藍色少女的尖喊更像慟哭，她的髮絲和裙襬崩融爲大片的水，水中又開綻藤花，可是她的胸前——

柯維安背後的寒意一口氣灌上腦門，他清楚望見水瀾胸前的黑線快速增長。

欲線就要碰地，欲線碰地！

「全部退開！」柯維安大吼，「瘴要被釣起來了！」

這一聲簡直如雷霆砸下。

其他人看不見欲線的存在，可是他們看得見有黑色的物體從原本空無一物的路面脫出，往高空彈竄，就像一隻咬住看不見釣線的漆黑大魚。

接下來發生的事，在轉瞬之間，誰也來不及阻止。

全身漆黑的瘴正要像布料一樣地攤展開，將下方的水藍身影一口氣包覆住，猝不及防間，猛然從旁側撲掠出了另一抹黑影。

那影子宛如披著黑斗篷，唯有臉部閃晃著兩團不祥的猩紅光芒。

它的速度太快，在誰也沒看清的時候，居然已抓住了還未攤展開的瘴，卡滋卡滋，瞬間將對方吞吃入斗篷內。

接著披裹斗篷的黑影又如旋風般轉動，越轉越細、越轉越細，最後成爲一條黑色細線，飛鑽入水瀾的心口裡。

水瀾像是靜止住，她的雙手還掩著臉，從她髮絲、裙襬化出的水波和藤花，卻在一晃眼間被染黑了，從手指間隙露出的藍綠色眼眸滲染出點點猩紅。

「有水和同族類的味道靠近……」水瀾氣若游絲地說，嗓音裡卻是前所未有的欣喜，「那將會是……我的朋友……」

話聲方落，環繞在少女周身的大片黑暗頓時如豎立的花瓣，一瓣瓣將那抹水藍色包裹住。

「柯維安！」

就在黑暗將水瀾完全包裹之際，一道大喊伴隨著迅烈白光到來。

那彷彿一道強悍的白色閃電，破開一切，緊追在後的還有兩道碧綠光束。

可是就在三者即將碰觸上黑暗的前一秒，黑暗就像遇到陽光的積雪，「嘩」地全融了。

剛剛還像朵黑色花苞的物體，此時崩散爲一灘液體，立即被路面完全吸收進去，連一點黑漬也沒留下。

失去目標的白針與兩把碧劍，最後插立在柏油路上。

那裡，曾是水瀾存在的位置。

「不見了……？」柯維安一時有些茫然。他盯著那三柄彰顯主人身分的武器，正要回過頭，衣領卻遭人一把粗暴扯住。

「你那是什麼意思？要不是你從中阻撓，也不會讓水中藤逃了！你這神使是在包庇妖怪嗎？」白糸玄鐵青著臉，雙眸憤怒。

但有一隻手馬上大力拽開白糸玄的胳臂。

「你他媽的才是什麼意思！誰准你動柯維安這小子了？」論起凶暴程度，抓住白糸玄的白髮男孩才真正嚇人。

一刻的眼神狠戾，他雖然不曉得先前發生什麼事，可說什麼也不會坐視別人動他的朋友。

「管你是哪根蔥哪根蒜，放開他！」一刻的手勁沒有留情，捏握得白糸玄幾乎感覺骨頭要發出異響。

白糸玄最後鬆開了抓著柯維安衣領的手指，同時臂上那股力道也消失。

「那不是蔥也不是蒜，宮一刻，那是和我們合作的狩妖士，你不認人的毛病還沒完全好嗎？」蔚商白撿起路旁的筆電走過來，凌厲的目光已將四周打量完畢。

「靠，比起之前已經好很多了，起碼我記得另一個叫黑令。」一刻彈下舌，視線順勢落至另一名高個子青年，也注意到他手上提的奇特兵器，「那是什麼東西？刀？」

「……兵武。」黑令即使是這時候，還是提不起勁地低緩回話，「旋刃。」

是指那玩意叫旋刃？還是說全名就是那四個字？一刻有些摸不著頭緒。就在這時，他的衣襟裡有什麼努力地探冒出頭。

那是一顆白色的小腦袋。

貓……？白糸玄瞇起眼，正要開口，反倒是那隻看起來昏昏欲睡的小白貓忽地睜大眼，驚喜地喵喵叫。

「喵！維安？維安！」而且不止是喵喵叫，還喊出了人話。

「戊……」柯維安結結實實地愣住了，隨後換他震驚地拉高聲音，「戊己!?我的天，妳怎麼……小白，這是怎麼回事？」

「是小白大人幫了我，他們打倒壞人喵！」戊己掙扎著從一刻的衣襟內爬出，奮力往柯維安的方向一跳。但也不知道是不是沒體力、力道不夠，中途就往下掉墜。

「戊己！」柯維安被嚇出一身冷汗，忙不迭伸出手。不過有隻手比他更快，大掌一撈，輕鬆就將那抹嬌小白影接住。

出手的人是黑令，他的那柄旋刃不知何時消失了，淺灰的眼珠看著掌上的戊己一會兒，還是沒有特別的情緒。

「喵……」戊己仰高頭，發現自己必須仰好高，琥珀色的眼眸大睜，「巨神兵耶……」

柯維安差點咳出笑，他努力憋住。

「在問發生什麼事之前，這裡就只有你們幾人嗎？」蔚商白彷彿不受戊己的童言童語影響，淡淡地問，修長的手指比向了牆上的裂痕，「這攻擊的痕跡，感覺像重型兵器。」

「那是叫小伍還小陸……靠！」柯維安登時一個激靈，慌張地東張西望。

但是，沒有。

這裡就真的只剩他們五人一貓而已，兩名戴著黑狐面具的身影早在不知何時趁隙逃逸了。

柯維安罕見地湧上強烈的挫敗感，他不單讓那兩個嫌疑犯跑了，還讓被瘴異寄宿的水瀾也脫逃了，這簡直是……

柯維安一手摀住臉，一手抓起黑令的一隻胳膊。

向來開朗的娃娃臉男孩如今格外垂頭喪氣，他說：「是我的錯，我會解釋的……不過在這之前，我得要帶這傢伙去醫院才行。」

狩妖士不比神使，傷口無法在短時間內癒合，因此所有人都能看見，黑令的手掌被貫穿了一個洞。

鮮血淋漓。

□

柯維安強押著黑令上醫院；至於另一邊的一刻等人，則是帶著戊己回到不可思議社的社辦，等候他們的歸來。

一踏進社辦，一刻就抱著戊己直接佔據了沙發的半邊。他不會像自己的神使那樣不客氣，每次一佔，就是把那雙長腿擱上去，連點位置也不留給他人。

社辦重新打開的窗戶不時灌進悶熱的風，從外頭艷陽高照的天氣來看，著實讓人很難想像不久前還是大雨滂沱。

但也多虧這炙熱的陽光，一刻他們原先濕淋的衣物被這麼一曬，也乾得差不多了，用不著特意換過一套。

社辦裡，那張突兀的董事長椅已經消失無蹤，走道恢復本來的通暢。

蔚商白也是今天第二次來到這裡，中午時他沒仔細看，此時他大致打量一會兒，注意到牆壁上用軟木拼成的備忘欄上貼著一張照片。

照片背景明顯就是這間社團辦公室，人物除了他最熟悉的白髮男孩外，還有這陣子他陸續在繁星市認識的人們。

照片裡，一刻一臉嫌惡地推拒著黏上來的柯維安；楊百罌略微緊張地瞥視著某個方向；曲九江拿著一罐草莓蘇打，一副無所謂的態度；最認真看鏡頭的，或許是面無表情咬著紅豆餅、比出勝利手勢的秋冬語，只不過她身上卻是一身突兀的護士裝。

「爲什麼她會作護士的打扮？」蔚商白認眞嚴肅地問。

「啊？喔，你說那照片？我也忘了，大概是學長還是胡十炎的惡趣味吧……」一刻意興闌珊地揮下手，另一手慢慢撫摸著戊己的背。

戊己半瞇著眼，看起來像要睡著了。

白糸玄則是進來沒多久，就說要到外面打個電話。

一刻猜測，對方可能是要向符家稟報今日的情況。

今日的情況……一刻無意識皺緊眉頭。他不曉得在他們到來之前，那地方曾發生過什麼事，當他和蔚商白趕至時，只來得及見到那像是黑色花苞的巨大物體，還有感受到一股濃烈又不穩定的瘴（或是瘴異）的妖氣。

有什麼被瘴或瘴異入侵，然後逃了。

除此之外，原先那地方還另有兩個叫「小伍」和「小陸」的人在……從柯維安的語氣判斷，估計也是敵人。

才這麼一下午，怎麼就發生那麼多亂七八糟的事？

一刻想到他們那方遇上的短髮少女，不禁有絲心浮氣躁起來。他沒有在回程時問白糸玄究竟發生什麼事，他想聽柯維安的說法。

那名娃娃臉男孩的心思比他人細上許多，總會注意到許多被忽略的細節。

更何況，事情的確是兩方人馬都到齊了，再一併討論比較省力，免得來來回回重複多次。

一刻維持著撫摸戊己的動作，另一手下意識把玩著自己手機上的繃帶小熊吊飾。他沉浸在思緒裡，以至於沒有在第一時間聽見蔚商白的問話。

等到一刻回過神後，他聽見的是——

「你覺得怎樣？」

「什麼？」一刻茫然地抬起頭，「什麼事怎樣？」

「照片。」蔚商白平淡地再重複一遍自己的問題，「我們一群人在上大學後，好像沒拍過什麼合照。下次等人湊齊也來拍一張，你覺得怎樣？」

「嗯？可以啊，我到時再和夏墨河和尤里講，蘇染、蘇冉好解決。」一刻收起手機、耙耙頭髮。他以爲這話題結束了，沒想到蔚商白又冒出一句。

「高中時的合照，也放一張到你們社辦的備忘欄上如何？」

「沒問題是沒問題，裡面還有蘿莉版的織女在，柯維安估計會樂死……不過放那個要幹嘛？」一刻狐疑地問。

「公平，我猜。」蔚商白微聳肩膀，給了個模稜兩可的回答。那張俊秀又沉穩的面龐，有時也令人難以猜測出眞正心思。「你們社辦有茶或咖啡可以泡嗎？」

「在你旁邊的那個大櫃子，右下抽屜，裡頭東西可多了，隨便拿吧。飲水機在外面。」一刻也不介意話題換跳到這裡，他隨意地比了個方向，看著蔚商白還從櫃裡找到一個熱水壺，看樣子是打算泡給多人喝的。

眞是細心，分點給他家那個天兵妹妹該有多好。一刻在心裡下了個結論，手指改撓上戊己的下巴。

似乎是覺得太過舒服，戊己主動抬高了頭，像在無聲地求著更多撫慰。

一刻眼裡滑過溫柔，倏地，他注意到戊己的項圈後似乎露出了一截白色。並不是戊己自己的皮毛，而是捲成細細的……

「紙？」一刻詫異，連忙將那捲藏得極巧妙的紙抽出，「戊己，這是妳的嗎？」

「喵，什麼？」戊己迷迷糊糊喵了一聲，琥珀色眼睛還茫茫然的，身旁白髮男孩身上沾到的六尾妖狐氣味令牠安心。

加上對方也承諾會幫忙找回兄長，因此放鬆緊繃心弦的戊己幾乎都要睡過去了，是一刻的那聲問句讓牠回過神。

戊己望著一刻挾在指間的紙捲，然後搖了搖頭，表示牠也不曉得那東西是哪裡來的，牠很確定自己的項圈上原本沒有那東西。

一刻困惑地攤開了紙捲，只見上面寫著兩排英文。

bieshuochu
woshishei

「這是什麼？」正巧蔚商白也拿著熱水壺回來了，看見一刻像在盯視什麼，他擱下壺，也走了過來，「看起來不像英文單字，反倒有點像亂碼之類的……我查一下。」

蔚商白向來行動力極強，他當下拿出手機，在螢幕上快速點按、滑動，隨後他搖搖頭。

「英文詞典上找不到，這是哪來的？」

「剛從戊己項圈上發現的，戊己說牠也不知道，顯然是有誰暗中給牠弄上去的。」一刻皺眉，盯著那兩排英文字，「但要放到項圈，就表示一定得碰到牠吧？」

「難不成是哥哥他們喵？」戊己忽然激動地大叫，琥珀色眼睛裡的睡意像被暫時趕跑，「一定是哥哥留下的線索！雖然哥哥他們被戴面具的壞人帶走……」

「戴面具？該不會是很像我們公會用的那種狐狸面具吧？還是黑色的？」一道聲音霍地自門口傳來。

三雙眼睛立即一轉，頓時見到柯維安疲累又吃驚地走進來，他身後跟著拉上帽T兜帽、一言不發的黑令。

那名灰髮年輕人的左手上，如今纏滿著厚厚的白繃帶。

「維安，你知道喵？抓走哥哥他們的，就是那些戴著黑色狐狸面具的壞人！」戊己似乎回想起當時的遭遇，稚氣的聲音變得氣急敗壞，眼眶也不禁紅了。

「柯維安，你們也遇上了？」一刻很快就聯想到小伍、小陸這兩人，他當即反應過來，「就是那兩個跑掉的傢伙？」

「小白，你說『也』……換句話說，你們碰到另一批了？」柯維安敏銳地挑出關鍵字。

不待一刻回答，他先舉高雙手，「等等，先讓我坐下喘口氣，帶那傢伙去醫院眞是累死我了……」

柯維安有氣無力地往前走，一屁股坐進沙發裡後，就是一副「誰都不能叫我讓位」的軟綿綿姿勢。

「嚶嚶，小白，求安慰、求抱抱……人家今天的體力値都用光了……」柯維安一臉哀怨，張開雙臂就想抱住身旁現成的人形抱枕，不過換來的只有坐墊砸他一臉。

「求你妹。我們碰上的是一個，不是一批。」一刻冷眼橫了柯維安一記。

「你有妹妹？」黑令看向了柯維安，「跟你一樣……類似的高度？」

從黑令後半段的停頓來看，柯維安大概猜得出來對方是在將「矮」之類的字轉換成另一種說法。他不禁有點欣慰，可在對上那隻被繃帶包得像木乃伊的手後，那點欣慰頓時蒸發殆盡。

「可惡啊，帶你去急診室，居然還要被漂亮護士姊姊誇獎『弟弟好乖，陪哥哥來』……」柯維安懊惱地磨著牙，「明明年紀大的是我……還有，我沒妹妹，那只是一種網路用語。」

「喔。」黑令只用單音作回應，也不知道他針對的是哪一部分。

「而且醫藥費還都我出了，你幹嘛還一副不想上醫院的模樣？你以爲那個洞開在那裡很好看嗎？血滴得像免錢似地，嫌血太多嗎？」柯維安越說越惱火，由此可看出他帶黑令上醫院治療的過程並不順利，「有傷就該治，別說你是沒事要讓水瀾開洞。」

「不是沒事，但是，會更省事。」黑令慢慢地說。

柯維安愣了愣，一會兒才成功地將黑令的句子轉換成完整的意思。

——不是沒事找事做，但是這樣直接讓水瀾攻擊的做法，能讓他更省力地達到目的。

柯維安不知想到什麼，臉色立時沉下了，眼中也掠過一瞬陰影，但一切轉眼消逝，如同什麼事也不曾發生。

接著，柯維安注意到一刻盯著自己，「小白，怎麼了？你也覺得我被漂亮的護士姊姊誤會很委屈對吧？」

「你想太多了。」一刻不客氣地說：「我只是在想，你剛和黑令的對話真讓人覺得熟悉，就『你有妹妹』那段。」

「哎？」柯維安不解地眨眨眼，看看一刻，又看看蔚商白。

一刻也不隱瞞，乾脆地伸出自己的手臂，「我上大學前，這裡本來還有別的存在寄附在上面，就是蔚商白他們神的力量分身。是條小白蛇，人形的模樣則是個小男孩，叫理華。他也曾經把『你妹』的意思，誤解得和黑令一樣。」

「小白，你說上大學前……」也就是說，現在沒有了？

「理華是理花大人的分身。」接話的是蔚商白，「離開理花大人太久，力量終究會減弱。剛好宮一刻也要到外地上大學，最後就先讓理華回淨湖了，順便多學習一些人間的知識。」

「不過他走前還是留了點力量，說要保護我，也不知道現在還有沒有了。」一刻的眉眼有著不自覺的柔和。

柯維安覺得一刻一定是相當喜歡那名叫「理華」的孩子，同時他也回想起來，在岩蘿鄉的蘿岩湖，和莊千凌等人對上時，一刻的手臂確實曾出現一道銀白的光芒。雖然只是短暫瞬間，卻像是面盾牌般保護了一刻，攔下莊千凌的攻擊。

現在想來，那應該就是那位理華留下的力量了。

「聽起來理華真是一位好孩子啊。小白，可不可愛？萌不萌？求介紹啊！」柯維安一把抓住一刻的雙手，大眼閃閃發亮。

「求你去死啊！」一刻鐵青了臉，抽回手，改將那張寫有英文的紙大力拍到柯維安臉上，「給我研究出這是什麼玩意，然後講正事！蔚商白，你可以去把那個叫白糸玄的傢伙叫進來嗎？他手機也該說完了吧？」

「我去看看。」蔚商白也沒拒絕，腳步一轉，便再往社辦外走。

柯維安被拍得鼻子有點發痛，他揉揉鼻尖，收起玩笑的心思，認真看著紙上的英文字。

「這個……」柯維安越看眉頭皺得越緊，似乎是發現什麼，「看起來不像是單字，不過特地分成上下兩排，反倒有些像……嗯，帳密之類的。這是哪來的，小白？」

「喵，在我的項圈發現的！」戊己說：「我覺得是哥哥他們特地留下的線索！這禮拜輪到哥哥點燈，我偷偷跟著他們，結果碰到一個有點壞又不太壞的妖怪。她欺負哥哥，可是後來又對我說，我太小了，她不欺負，然後消失……她有很長的藍頭髮，眼睛是藍綠色，會用冰……還有紫藤花！」

當那些關鍵的字眼一說出，柯維安馬上曉得那是在指誰了。只是他沒想到，原來戊己他們也曾碰上那名少女。

碰上水瀾。

「小白，是水瀾。」柯維安低聲地說：「我們之前遇上的就是她。她被瘴異入侵了，原本是欲線要釣起瘴，沒想到瘴異殺出，吞了瘴，再鑽進水瀾心裡。」

一刻臉色陰沉，沒有問然後，因爲他們也目睹了——然後水瀾就消失在他們所有人眼前。

「操！」一刻低咒，瘴異果然再度出現。更甚者，它還搶了瘴要寄宿的宿主，把瘴吃了。

「小白，你說你們也遇上戴黑狐面具的人，對方也是符家的狩妖士嗎？」柯維安這問題一問出，瞬間換來的卻是兩種截然不同的反應。

第九章

「符家？」一刻愕然。

「不要在那胡亂揣測，栽贓也要有個限度！」憤怒的斥責來自白糸玄。

那名菁英氣質的青年冷著臉，大步從外走進，隨即在一張桌子一拍，表情難看。

「神使和狩妖士地位沒有不同，你既然身爲神使，爲什麼要故意污衊我等狩妖士？剛那隻妖怪不也說了，是水中藤攻擊他們一眾的？更何況，我並沒有忘記你那時的阻撓，你是故意包庇那水中藤的嗎？」

「是戊己，不是那隻妖怪。」柯維安沒有被白糸玄咄咄逼人的氣勢震住，他也站起來，直視對方，「要是你直接消滅了水瀾，也就是你口中說的水中藤，那不就什麼東西也問不到了？我承認，最後讓她逃了是我失算……可是戊己不也說了，水瀾最後沒有傷害他們。」

「沒錯喵！抓走哥哥他們的是戴著黑狐面具的人！」戊己昂起頭，小小的身子發出響亮的叫喊，「他們說，他們是專門狩獵妖怪的人，然後就攻擊我們！甲乙哥哥要我快逃，我沒逃，我躲起來了，我……」

戊己大大的眼睛浮現淚珠，可牠倔強地不肯讓它掉下來。

「我妖氣弱喵，所以我一直偷偷跟在他們後面……他們把哥哥帶去一個廢墟，把他們綁在那裡，人又離開了。我想咬掉哥哥身上的繩子，可是咬不動，哥哥也不動……喵，我咬累了，才瞇一下，但是張開眼睛，哥哥他們……他們又不見了……」戊己像是終於忍不住，眼淚啪噠啪噠地掉。

「我不知道我在哪裡喵，我想回去找老大……然後就碰上其中一個壞人，她在廢墟有把面具拿下來過，我認得她喵……喵嗚啊啊啊！人家想見哥哥，想要哥哥回來……」

面對一隻哭得抽抽噎噎的小白貓，一刻心裡不忍。他撈過戊己，安慰般地摸著牠的腦袋，一下又一下，腦海中同時也將事情經過整理出個大概。

一刻給了柯維安一個眼神，後者會意，立刻到白板前，快速將時間點和事件都標了上去。

逐漸地，戊己的哭聲也小了下去，隨後變爲小小的呼嚕聲，哭著睡著了。

一刻將戊己小心地放至坐墊上，自己起身，示意眾人都到白板前討論。

唯獨黑令沒有動。

柯維安也不奢望一個沒幹勁、還嫌任務無聊的人能多熱情地參與，他想了想，熟門熟路地從一個大抽屜裡摸出一包南瓜子，塞到黑令手中。

「你是傷患，就認分點坐在這吃零食吧。」柯維安一本正經地說：「我只有一個要求，別說話，別挑起戰火。就算你是無意的，說不定還是會有人找你拚命，你拉仇恨值的功力在某方面而言眞的太高了。」

黑令沒回話，倒是眞的默默吃起南瓜子。

一刻環胸，看著那尊縮在椅上、戴著兜帽，還啃著南瓜子的大個子，總覺得有種奇妙的似曾相識感。

「挺像……」一刻沉吟。

「某種動物。」蔚商白接了下去。

柯維安跑回來，剛好聽見，想也不想地幫忙補上話，「看眼睛像狼，現在吃東西倒像巨型倉鼠了。」

一刻得說，這評論下得眞是太貼切。

「我們可以進行討論了嗎？」白糸玄敲了敲白板，語氣洩露出一絲不耐，「我的意見是，不用管黑令也無所謂。就算他還保有能將符紙幻化成武器的最基本靈力，也不代表他能派上什麼用場。」

「黑令在三年前的比試中打敗了你和班代，他那時的靈力到底是有多高？」柯維安單純就只是好奇地問，可是他卻瞬間見到向來重視禮節的白糸玄，以一種可怕的方式扭曲了臉。那是難以形容的陰暗、恨意，還有憎厭，揉合成黏稠的情緒。

不過在眨眼過後，那些情緒被隱藏了起來。

柯維安頓時明白，輸給黑令對白糸玄而言，恐怕眞是一項他完全不願再提的恥辱。

「那時的靈力再高也沒用。」白糸玄冷冷地說：「我們有必要討論一個過去的天才嗎？」

「呃，抱歉，是我不小心岔開話題，這是我的壞毛病。」柯維安敲敲額角，語帶歉意地說：「我們回歸正題……」

一邊說著，這名娃娃臉男孩一邊拿起白板筆，快速地在白板上再書寫。

「戊己他們先碰上水瀾，水瀾沒有實質傷害他們就離去。更之前，繁星市的一位狸貓妖怪也碰過水瀾，下場是被綁在二環的噴水池。再來是戊己的哥哥他們，也就是甲乙、丙丁、庚辛，在水瀾離開後，就被黑狐面具黨給綁走了。戊己偷跟在後面，結果中途一打盹，便失去甲乙他們的行蹤。推測那張寫有英文的紙，最可能是在那時候塞進去的，是甲乙他們留下線索的機率也很高……小白，再來換你們。」

「我們這邊嗎？」一刻攢著眉頭道，被那名古怪的短髮少女戲耍可不是什麼好回憶，「我先碰上戊己，她那時像被施了術什麼的，沒法說話，只能喵喵叫，被一個女孩子困在牆邊逗弄。那女的忽然將戊己丟出來，然後戊己身上的術法似乎也被解開，她說那女的就是綁架犯之一。然後我們就打起來了，再然後，蔚商白也來了，可惜還是被她逃了，嘖。」

「只留下這面具。」蔚商白遞出了當時撿起的黑狐面具，「沒有獲得什麼有用資訊。」

柯維安瞇起眼，「和出現在我們這邊的小伍、小陸，戴的是同樣的面具，我猜那名字也是代號。小可的哥哥，你記得對方的長相嗎？」

「正面沒有看仔細，是個短頭髮的女孩子，攻擊時用的是扇子，在夏天卻穿著厚外套和靴子。」蔚商白一絲不苟地說出他記得的細節。

短髮、攻擊時是用扇子，還穿著厚外套和靴子……柯維安苦惱地摸摸下巴，這些特徵聽起來還是太籠統。更何況扇子要是收起來的話，不就更難辨識了嗎？

尤其女孩子們爲了漂亮，在冬天都能穿迷你裙，那夏天穿厚外套和靴子，好像也有可能……這樣在繁星市的女性中尋找起來，無疑是大海撈針。

「只好到時再問戊己了。」柯維安沒有追問曾和少女過招的一刻。他現在也多少了解對方不擅認人的毛病，白糸玄都能被當作蔥蒜看待了……「再來是回到我們這邊。嗯……水瀾突然出現、攻擊我們，然後出現叫小伍、小陸的兩人。他們想必是符家的狩妖士，所以我才在懷疑小白你們碰上的那位，是不是也……」

「在提出質疑前，最好還是拿出證據。」白糸玄強硬地截斷話，濃濃的不悅盤踞在眉眼間，「我實在無法忍受你一再地抹黑。」

「首先，那兩人的確承認自己是狩妖士。他們還認得黑令，也知道他靈力衰減。」柯維安這話堵住了白糸玄。

如果不是狩妖士，又怎會知道黑令這人的事？

但很快地，白糸玄又嚴厲了神色，「那不代表他們便是我符家弟子。」

「可是水瀾，就是你說的水中藤，她說了啊。」柯維安看似無辜地張大眼，實則在言語上不客氣地進逼，「她說他們身上有符家術法的味道，特別是當你一來，她簡直像抓狂一樣。」

對於水瀾的攻擊霍地暴衝那幕，不論是柯維安或白糸玄，可說是記憶猶新，更遑論水瀾那番宛如泣血的嘶喊。

「先解決掉符家人，先殺了……殺了殺了殺了殺了殺了，」

「背信忘義，奪走我的家的，」

「符家人！」

白糸玄像是難以反駁地握住拳頭，他深吸口氣，眼中再閃動精明強硬的光。

「她是從符家手下逃脫的妖怪，對我符家心存怨恨自是必然。」白糸玄一字一字地說：

「可是，這難道不是故意污衊我符家的手段嗎？眞不是她故意做出誤導，指鹿爲馬，謊稱那兩人是隸屬符家門下？」

「這……也不是沒有可能。」柯維安退讓了，畢竟他們現在沒有掌握到實質證據。

另一邊，一刻也和蔚商白咬完耳朵。他們兩人似乎在討論什麼，而結果也已經出來了。

「也就是說，繁星市其實有兩方人馬。那些惡作劇或傷害，戴面具的傢伙和水瀾都有份。」一刻說：「不過綁架甲乙他們的，確定是面具那夥人沒錯。水中藤是什麼，這我晚點再問。要引水瀾出來，難度應該不高……大不了再派柯維安當餌。」

「我同樣可以當餌，既然對方這麼針對我符家，但我要親自消滅水中藤。」白糸玄不退讓地提出自己的條件。

一刻抱胸挑眉，沒有一口答應。

水瀾是胡十炎指明要帶回的對象，怎麼可能讓狩妖士動手？

「她做了什麼嗎？」一刻冷不防地扔出問題。

「什麼？」白糸玄一愣。

「我在問你，水瀾做了什麼嗎？」

「她從我符家逃脫，本就是不該存在的妖怪。」

「聽起來像什麼事也沒做，那你趕盡殺絕個屁。」一刻冷哼，眉眼凶悍，「反正先解決她身上的瘴異再說。」

「你！」白糸玄變了臉色，但很快不願屈居下風地針對回去，「先不論她在我符家做了什麼，她到繁星市攻擊他人，不就是事實了嗎？難道這樣還稱不上是作惡？」

「啊！總之現在重點果然還是在那三個黑狐面具人身上，對吧？」柯維安迅速插話，不讓爭執再被挑起，「要怎麼掌握那三人的行蹤比較有難度，雖然得到了這兩串英文字，不過不曉得它們能做什麼用哪……看起來像帳密，但天知道是什麼玩意的帳密？」

「……社團。」一道低緩的嗓音無預警傳來。

那聲音太過有標誌性，白板前的三人登時全轉望向同一個方向。

黑令捧著只剩半袋的南瓜子，帽簷下的淺灰眼睛波瀾不驚。

「什麼？」柯維安的腦筋再靈活，也沒辦法從那沒頭沒尾的兩個字上推敲出脈絡。

「上網見、社團、看集合時間。」黑令慢慢說道：「剛剛，貓的夢話。」

貓的夢話？柯維安反射性看向戊己。

小白貓睡得直打呼嚕，偶爾飄出幾句軟軟的夢囈。

「社團喵……壞人說要上社團……」

「她在單純說夢話嗎？還是……」一刻不確定地問，「上網？社團？」

「網路上的社團！」柯維安驚呼一聲，握拳擊上自己的掌心，雙眼也隨即發亮，「戊己一定是從那幾個傢伙那聽到這些字眼。叫小伍、小陸的是高中生，小白你們碰到的我猜也可能是……高中生常用的……等等等等，難道那兩串英文!?」

柯維安嘴巴說得飛快，動作也飛快。他一個箭步衝去翻找出自己的筆電，抱著它劈啪地敲打起鍵盤。

幾人圍了上去，看見柯維安開出了一個準備登上臉書的頁面。

柯維安一手摸出那張寫有英文字的紙條，一手在帳號和密碼的欄位中各輸入一串。他沒有馬上按下登入，他想了想，在帳號那欄的英文字後又補上一串電子信箱的位址。

「GMAIL的信箱？」一刻訝異地問。

「只是先試試看而已，不行的話就把我知道的信箱都套一輪看看。」柯維安回答。

或許柯維安今日給自己師父的照片上香眞的有收到成效，運氣簡直好得可以，一次就成功登進了臉書。

「賓果！這紙上的果然是某人臉書的帳密！甲乙他們太聰明了，留下這麼有用的訊息，不愧是情報部的，這估計就是黑狐面具黨的其中一人吧？」柯維安笑得神采飛揚，精神都來了。

不過當他看清左上角的大頭貼照片和名字，他的笑容有些僵住了。

臉書的主人取了一個一看就像是網名的名字，飛靈劍。大頭貼放的是張照片沒錯，只不過臉全被一台單眼相機遮住了，從手指和上半身的體型來看，最多可以辨認出是一名女孩子。

但是，也就只有這樣而已。

「靠……」柯維安瞬間連想把臉埋進鍵盤裡的心情都有了，這樣能看出對方的長相才有……

「范……范相思!?」這時從旁卻冒出一道驚愕至極的喊聲。

柯維安猛地一震，反射性站起，過大的動作差點弄翻椅子，他震驚地看向開口的人。是白糸玄。

「范……你說這人叫范相思？等等，你怎麼認得出來這是誰？」柯維安似乎沒想到居然會從白糸玄那得到強力的情報，娃娃臉上寫著明顯的不敢置信。

「是……」白糸玄停頓了下，手指指向照片上女孩的頭髮，「是劉海的關係，她染著漸層的橘色，這不常見。加上你們之前說攻擊時是使用扇子，又穿著像冬季的衣服，這些條件結合起來，完全符合『范相思』這個人。只是你們之前沒提到最顯目的劉海特徵，我才會一時沒想到她身上。」

「你認得范相思，也就是說她果然也是狩妖士？」一刻一針見血地問。

白糸玄的神情變得無比複雜，他像不願承認，最後卻還是緩慢地點點頭。

「白糸玄，你那能找到范相思的照片嗎？沒遮臉的，旁邊的電腦可以借你用。我想……讓小白和小可的哥哥確認看看，之後也能讓戊己辨認。」柯維安不由分說地點進了臉書的「關於」，眼中刹那間閃過若有所思的光芒。

「關於」裡面乾乾淨淨，什麼個人資訊都沒有，只有顯示性別是女性。相簿也只有那麼一張大頭貼照片，朋友更是一片空白，就連塗鴉牆上也只零星地轉了幾則廣告。

這是一個隱私管理得很好的帳號。

不過，在首頁左邊的欄位上，明顯列出了一個社團名字——狩妖王國。

「這名字聽起來怎麼就這麼中二？」一刻看著那社團名，咂舌批評道。

「也許成立的管理員就是個中二？」柯維安摸著下巴說，另一隻手也沒閒著。他點開了那個社團，接著不說話了，那張娃娃臉在這當下板得嚴肅，擱在鍵盤上的手指微微收緊。

一刻湊近觀看。

那個社團的貼文不多，就只有三則帖子，其中一則還置頂，寫著社團要遵守的規則和注意事項。

一刻迅速瀏覽全部內容，臉部線條頓時也繃得凌厲。

「幹！」一刻耙亂白髮，咒罵一聲。

社團的置頂帖除了規則之外，就是標明舊帖一律會刪除，這裡永遠只會有最新和次新的貼文而已。

而另兩則貼文，內容也相當簡單，就是列出時間、地點，要有參加意願的社員集合。乍看下，似乎沒有太特別的——如果發文標題不是「狩獵妖怪活動召集」的話。

一刻看得清楚，最下方那帖的時間，剛剛好就是甲乙他們失蹤的那一天。

「他們的防範做得很好，沒有留下太多記錄。」蔚商白冷靜地說，鏡片後的雙眼閃過銳利光芒，「可以看其他社員的資料嗎？」

「等我一下。」柯維安深呼吸，又飛快地動作。

社團成員人數不多，不到十人，每個人的名字一看就知道不是真名，頭像也幾乎都是網路上隨意抓來的圖片，反倒使得「飛靈劍」的大頭貼顯得突兀。

「不行，也都沒有留下個人資料，估計就是專門用來加入這社團的馬甲號，身分都藏得很好。」柯維安很快檢視完畢，他搖搖頭，「這些號是不是都有在使用，或是拿來混淆視聽的，這我也說不準。」

一刻聽著柯維安的分析，和蔚商白交換了一眼，兩人不約而同再望向筆電螢幕。

在那個「狩妖王國」的塗鴉牆上，最新的帖子是昨晚發的。

【狩獵妖怪活動最新召集】

時間：八月一日，晚上

地點：繁星市

備註：其餘細節簡訊通知

那簡潔的「八月一日」四字，對一刻等人來說顯得無比扎眼，因爲那個時間點就是……

「找到了！」這時，另一台桌電後的白糸玄突然一聲叫喊。他直起身子，隨即注意到一刻他們神情有異，他皺起眉，「怎麼了嗎？你們找到什麼了？我這裡倒是找到范相思的照片，只是有點糊。」

「小白，我們先到那邊看看吧，我也很在意那位范相思。」柯維安抱著筆電移動。

一群人轉移陣地到白糸玄身後。

「這又是什麼？」一刻瞪著與剛剛所見類似的臉書頁面，「又一個社團？」

「這是由一些年輕的狩妖士們私下成立的，專門作為討論或交流的平台，當然是沒對外公開。」白糸玄指著社團名稱的「狩妖士聚集聯盟」。

不同於一刻他們先前看見的空曠頁面，這個社團格外地熱鬧，各式帖子都有，成員人數也破百。

「我說的照片就是這個。」白糸玄移動滑鼠游標，點開他另外單獨開啓的照片。

照片拍攝的似乎是某個活動，一大群人聚集在觀看什麼。其中在左上角的位置，有一人的橘色劉海特別顯眼，然而照片的畫質稱不上好，只能隱約看出輪廓。

「沒有大一點的照片嗎？」柯維安皺著臉問，「這要看出什麼也太難為人了吧？」

「……有影片，范相思在那裡面的露臉比較清楚。不過……」白糸玄瞥望了一眼坐在一旁的黑令，像是意有所指地說：「假使黑令不在意的話。」

黑令？這又和他有什麼關係？

彷彿察覺到眾人的疑惑，白糸玄將視窗切回社團，滑鼠滾輪稍微滾動一會兒，就找到了他要的影片，底下的留言數極多，顯然受到了熱烈討論。

至於影片的標題，則是「黑家的黑令，是眞天才或假天才？」

「之前有人放上三年前的比試片段，裡面除了黑令和人對打的部分，還有拍到范相思的臉。」白糸玄說，嘴角掛著若有似無的諷刺笑意，「黑令，我看我還是直接找出范相思露臉的時間軸，你的比試段落就跳過吧，免得你看見當年的自己，覺得現在的自己……真是無用。」

「隨便，都無所謂。」黑令的回應還是漫不經心、提不起勁，甚至連眼神也沒落在白糸玄身上。

白糸玄握著滑鼠的手指一緊。

「夠了沒？你婆媽個什麼勁？要按不會快點按嗎？」一刻不耐煩地說：「你的乾脆是被狗吃了嗎？還是沒帶ＸＸ在身上？」

白糸玄似乎未曾遇上過這種粗魯的言辭，他表情僵住，但立即就面無表情地以全螢幕的方式播放。

影片畫質不錯，就是裡面的人聲吵雜了些。

影片裡，可以看見許多人圍觀，中間特意被空出的空地上，分別有兩人自左右走出。

一人就是黑令。

三年前的他看起來五官更青稚，個子已抽得相當高。他就像現在一樣穿著帽Ｔ、灰髮遮蓋在帽下，淺灰的眼珠則是全然未變。不管是三年前或三年後，都是對周遭事物感覺無趣的荒寂，有如一灘沉沉死水。

黑令的對手，是一名看上去和他差不多大的男孩。

當一旁有人威嚴地大喝出「開始」後，右邊的男孩迅速抽出符紙，配合咒語，使符紙在他手中轉化爲一柄長劍。

可是黑令的動作更快，根本還沒看清他是何時轉化符紙，他的五指便已抓握著一柄銀紫色的旋刃。

男孩連攻擊的架勢都還沒擺好，炫亮的刀刃已迅雷不及掩耳地直抵他的咽喉。

這一幕似乎震住圍觀者，原本吵嚷的人聲化作鴉雀無聲。

黑令的速度實在太迅速，而他轉換符紙所需的時間，同時也代表著他驚人的靈力，否則不可能在瞬間就召現出屬於他的兵武。

然而在下一秒，黑令做出了更加震驚全場的舉動。

他說：「……無聊透了。」

然後扔開那柄銀紫旋刃，任憑它消散成光點，看也不看他人一眼，竟然是掉頭就走。

幾乎維持了數秒的死寂，現場才霍然爆出喧譁。有大罵，有驚呼，還有更多的是批評。

柯維安再次深深體會到，爲什麼楊百罌會認爲黑令無禮又差勁。除非知悉黑令的個性，否則不論誰來看，無疑都會覺得這是打人臉的傲慢行爲。

負責拍攝影片的人像是想再尋找黑令退場的身影，鏡頭晃動，結果剛好拍進了一名鄰近的女孩子。

那是名戴著細框眼鏡的少女，一頭短髮削得薄薄的，額前染著漸層的橘色系色彩，大大的貓兒眼一發現鏡頭後，她立即伸出手，掌心向上。

「你願意花多少錢來買我的肖像權呀？」

那清脆又狡猾的嗓音，霎時和一刻下午的記憶疊合起來。

「你願意花多少錢來買我的名字呢？」有誰也是笑得如此狡獪。

一刻對於毫無關係的臉孔向來不太容易記住，可是今日下午碰上的敵人帶著強烈的個人風格，加上眼前的畫面，他馬上確切地想起來了。

「就是她沒錯，把人耍了一輪。」一刻咬牙低喊，「范相思！」

「這……就是那個范相思嗎？」柯維安盯著電腦螢幕上的那張清秀臉龐，喃喃地說。他看看從戊己項圈後得來的帳密紙條，再看看螢幕，像是費了一番勁，才把剩下的話擠出，「所以……就是她要弄了小白你們？」

「啊。」一刻承認，雖然火大，但那是事實。

「范相思是隸屬三大家嗎？」蔚商白的著眼點一向實際。

「不是。」白糸玄卻是搖頭了，「范相思是獨自作業的狩妖士，沒有門派，也沒聽說她和誰特別交好……沒想到，居然會是她敗壞狩妖士的名聲。」

白糸玄擱在桌面的拳頭越攢越緊，端整的面孔像在壓抑憤怒，以至於閃現出一瞬扭曲。

「無論如何，我都絕不會放任她下去。還有水中藤，一定要親手誅之！」白糸玄終究像失去對怒意的掌控，他發洩般地大力拍上桌面，震得滑鼠跳動。

緊接著，這名青年彷彿驚覺到自己的失態，他深吸一口氣，鬆開握緊的手指。

「抱歉，讓你們見笑了，我只是有點激動。」白糸玄揉按眉心，目光投向柯維安抱著的筆電，「從范相思的臉書裡，你們那邊也發現什麼私密社團了嗎？」

柯維安將筆電轉向，讓白糸玄看見上頭的畫面。

白糸玄似乎已做好會看到什麼驚人消息的心理準備，然而當他看清了，好像也被震住了。

最新的狩獵妖怪活動召集日期是八月一日。

那不是什麼時候……

那就正好是，後天晚上！

〈繁星與不可思議〉完

後記

醉琉璃

常在一刻口中出現、傳說中的青梅竹馬——蘇家雙子，終於在拉頁搶先現身了XD猜拳的兩人神萌，抓著一刻衣角的蘇染更是萌啊！

上了大學的蘇家雙子除了出現身高差以外，蘇染的髮型也小小改變一下，從兩條辮子變為一邊辮子。

雖然兩人先出現在拉頁上，不過在文裡則是先現聲。咳，對，就是只出現聲音，還沒在文裡正式露面。

畢竟他們兩位就是以不會打擾一刻任務或訓練爲條件，和胡十炎交換，進入神使公會，成爲裡面的一員。

不過呢，從這對雙胞胎透露出的個性就知道，他們兩人眞的會乖乖遵照約定，等到暑假都結束了才來刷存在感嗎？

所以卷八的時候，嗯……大家都知道會怎麼發展了吧？XD

這回內容和上一集可以說是做個區隔，西山妖狐的事件落幕，但全新的事件又在繁星市裡發生。

一刻他們要面對的將會是對妖怪抱持著惡意的狩妖士；而瘴異也還在旁邊虎視眈眈，趁人放鬆戒備時就猛然殺出。

不過，一刻他們也同時有了新的幫手。

打從一見面就被柯維安視爲敵人的黑令終於登場了，這位毫無幹勁的狩妖士會在水瀾的事件裡起到什麼推波助瀾的效用嗎？或者，又是再一次讓柯維安氣得跳腳呢？

另外，在卷六開頭就先露臉，本集則是以敵人身分出現的范相思，其實也是我相當喜歡的角色。夜風大將那種隨時隨地都像在打著小算盤的狡猾神韻畫得實在太棒了啊！

在這裡一定要說，感謝夜風大賜我這麼多美麗的妹子，美少女就是要來拯救世界的！

至於范相思狩獵妖怪的行動又是爲了什麼？甲乙、丙丁、庚辛的安危究竟如何？

以上，當然是要通通先、保、密。

最後，關鍵字預告又來了：

水中藤、湖中影，柯維安的祕密究竟是……？

我們卷八見了～

神使繪卷の小劇場！

PART 1

胡十炎：喂喂，老妖怪我肚子餓了。

安萬里：先不論你半夜打電話騷擾人的這個舉動……十炎，你家電鍋裡有炒飯，冰箱有水餃可以下，至於那個放在客廳角落的箱子裡則有泡麵。

胡十炎：等等！為什麼你會比我還清楚？這太不科學了！

安萬里：嗯……大概是因為昨天被迫去你家幫忙打掃煮飯的那個人好像就是我。

PART 2

小白：柯維安，你躲在轉角做什麼？

柯維安：小白、小白，偶像劇不是常演到轉角遇到愛什麼的？就是女主角和男主角總在轉角處會撞到一塊！

小白：……所以？

柯維安：所以我在看能不能轉角撞到小蘿莉……啊！等等，小白，你為什麼要越退越遠？你為什麼要拿出手機？別別別報警啊！

神使繪卷

The Story of GOD's Agents

【下集預告】

神使繪卷

The Story of GOD's Agents 08

水瀾行蹤未明，
新一波狩獵妖怪活動又將在繁星市展開。
眼見腹背受敵，
狩妖士、神使決定聯手出擊！

卷八・水瀾與符

漫畫博覽會，火熱推出！

國家圖書館出版品預行編目資料

神使繪卷. 卷七,繁星與不可思議／醉琉璃 著.
——初版. ——台北市：魔豆文化出版：蓋亞文化
發行，2014.06
面； 公分.（Fresh；FS063）
ISBN 978-986-5987-46-6
857.7 102019923

Fresh FS063

神使繪卷 07

作者／醉琉璃
插畫／夜風 封面設計／克里斯
出版社／魔豆文化有限公司
地址◎ 台北市103赤峰街41巷7號1樓
電話◎（02）25585438 傳眞◎（02）25585439
部落格◎ gaeabooks.pixnet.net/blog
臉書◎ www.facebook.com/Gaeabooks
電子信箱◎ gaea@gaeabooks.com.tw
投稿信箱◎ editor@gaeabooks.com.tw
郵撥帳號◎ 19769541 戶名：蓋亞文化有限公司
發行／蓋亞文化有限公司
法律顧問／宇達經貿法律事務所
總經銷／聯合發行股份有限公司
地址◎ 新北市新店區寶橋路二三五巷六弄六號二樓
電話◎（02）29178022 傳眞◎（02）29156275
港澳地區／一代匯集
地址◎ 九龍旺角塘尾道64號龍駒企業大廈10樓B&D室
電話◎（852）2783-8102 傳眞◎（852）2396-0050
初版二刷／2016年10月
定價／新台幣 220 元
Printed in Taiwan

ISBN／978-986-5987-46-6

魔豆

魔豆